La muerte en Venecia

Thomas Mann

La muerte en Venecia

Traducción de **Itziar Hernández Rodilla**

Navona

Primera edición
Octubre de 2023

Publicado en Barcelona por Editorial Navona SLU
Navona Editorial es una marca registrada de Suma Llibres SL
Gomis 47, 08023 Barcelona
navonaed.com

Dirección editorial Ernest Folch
Edición Estefanía Martín
Diseño gráfico Alex Velasco y Gerard Joan
Maquetación y corrección Editec Ediciones
Papel tripa Oria Ivory
Tipografías Heldane y Studio Feixen Sans
Distribución en España UDL Libros

ISBN 978-84-19311-54-2
Depósito legal B 16872-2022
Impresión Romanyà Valls
Impreso en España

Título original *Der Tod in Venedig*
© Thomas Mann, 1912
Esta obra se ha publicado de acuerdo con S. Fischer Verlag GmbH
mediante International Editors & Yañez' Co
Todos los derechos reservados
© de la presente edición: Editorial Navona SLU, 2023
© de la traducción: Itziar Hernández Rodilla, 2023

1

Gustav Aschenbach o von Aschenbach, como rezaba oficialmente su nombre desde que había cumplido los cincuenta, había salido de su residencia en la Prinzregentenstrasse de Múnich a dar otro paseo solo, en las primeras horas de la tarde de un día de primavera de aquel año 19... que durante meses mostró a nuestro continente un rostro tan amenazante. Irritado por lo difícil y arriesgado del trabajo de aquella mañana que exigía, justo ahora, del mayor cuidado, perspicacia, resistencia y precisión de la voluntad, el escritor no había podido reprimir el impulso creador de su mente —ese «motus animi continuus» que, según Cicerón, es la esencia de la oratoria— ni siquiera tras el almuerzo, y no había sido capaz de dar la cabezadita liberadora que le era, dada la cada vez mayor capacidad de desgaste de sus fuerzas, tan necesaria. Así que, nada más tomar el té, había salido de casa con la esperanza de que el aire y el movimiento lo refrescasen y le procurasen una velada provechosa.

Mayo acababa de comenzar y, tras unas semanas húmedas y frías, se había asentado un falso estío. Los Jardines Ingleses, aun cuando las hojas estaban todavía verdes y tiernas, ofrecían ya la umbría de agosto y, tan cerca de la ciudad, se habían llenado de coches y paseantes. Al llegar a la Aumeister, hacia donde lo llevaban caminos cada vez más tranquilos, Aschenbach había contemplado un ratito la popular cervecería, a cuya vera había parados algunos coches de punto y de equipajes, y había decidido tomar desde allí, con el sol ya cayendo, el camino de casa cruzando por fuera del parque, donde esperaba ahora ante el cementerio del norte, pues se sentía cansado y amenazaba tormenta sobre Föhring, el tranvía que lo llevaría en línea recta de vuelta a la ciudad.

Por casualidad encontró la parada y su entorno vacíos de gente. Ni en la adoquinada Ungererstrasse, cuyos raíles extendían su brillo intransitado hacia Schwabing, ni en la Föhringer Chaussee se veía un vehículo; tras las verjas de los marmolistas, donde las cruces, lápidas y figuras a la venta constituían un segundo cementerio sin hogar, no se movía nada, y la obra bizantina del salón fu-

nerario al otro lado yacía en silencio en los deste-
llos del día que llegaba a su fin. Su fachada estaba
adornada con cruces griegas e imágenes hieráti-
cas en colores claros, que lucían sobre ellas letre-
ros dorados ordenados simétricamente, con palabras escogidas sobre la vida en el más allá, como:
«Entran en la casa de Dios» o «La luz eterna los
ilumina»; y, mientras esperaba, Aschenbach había encontrado durante unos minutos auténtica
distracción leyendo las frases y dejando que su
mirada espiritual se perdiese por aquella diáfana
mística, cuando, volviendo de su ensoñación, se
fijó en un hombre que estaba en el pórtico, por
encima de los dos animales apocalípticos que vigilaban la escalinata, cuyo aspecto no del todo co-
rriente dio una dirección totalmente distinta a sus
pensamientos.

Aschenbach no tenía claro si el hombre acababa de salir del salón por las puertas de bronce o si
había subido las escaleras para entrar sin que él lo
hubiese visto. Pero, sin profundizar demasiado
en la cuestión, se inclinaba por lo primero. Muy
alto, flaco, barbilampiño y con una notable nariz
de patata, el hombre respondía al tipo pelirrojo y
tenía su clásica piel lechosa y llena de pecas. A ojos
vistas no podía ser de origen bávaro: al menos el

9

amplio sombrero de rafia de ala recta que le cubría la cabeza le confería una impronta exótica y lejana. Cumple decir que, además, llevaba al hombro el morral habitual del campo, una faja amarillenta que parecía de paño tirolés a la cintura, una esclavina gris colgada del antebrazo izquierdo, que apoyaba en el costado, y en la mano derecha un bastón con encaje de hierro, que descansaba en ángulo sobre el suelo y en cuyo puño cargaba la cadera con los pies cruzados. Con la cabeza levantada, de manera que, en el delgado cuello que brotaba de la camisa de *sport* suelta, resaltaba la nuez fuerte y pelada, oteaba el horizonte con unos ojos incoloros de pestañas rojas, entre los que se dibujaban dos surcos enérgicos y verticales, singularmente adecuados para la nariz abultada y breve. Su porte tenía —y tal vez contribuía a la impresión el lugar en el que estaba, tan elevado— algo de señorial y soberbio, osado o incluso salvaje; pues sea que hacía una mueca, cegado por el sol en descenso, o se tratara de una deformación fisionómica permanente, sus labios parecían demasiado cortos y estaban totalmente retraídos sobre los dientes, de tal suerte que estos, al aire hasta las encías, se mostraban blancos y largos entre ellos.

Era muy posible que Aschenbach, con su inspección medio distraída medio inquisitiva, hubiese faltado al respeto del forastero, pues, de pronto, percibió que el otro le devolvía la mirada y de una manera tan belicosa, además, tan directamente a los ojos, tan notoriamente resuelta a llevar la cosa al extremo y obligar al otro a retirar la suya, que Aschenbach, avergonzado, se volvió y comenzó a caminar a lo largo de las verjas, con la determinación de no volver a prestar atención al hombre. Lo había olvidado al cabo de unos instantes. Ahora bien, fuese por el efecto que causó en su imaginación la impresión de peregrino en el aspecto del forastero, o estuviese en juego alguna otra influencia física o mental: una extraña expansión de su interior lo hizo sorprendentemente consciente de una especie de intranquilidad errante, un ansia juvenil y sedienta de distancia, una sensación tan vívida, tan nueva o tal vez tan largamente desacostumbrada y desaprendida, que, con las manos a la espalda y mirando al suelo, se quedó del todo inmóvil para revisar la existencia y el objeto de la sensación.

Era deseo de viajar, simple y llanamente; pero lo cierto es que, habiéndose presentado tan de golpe y con tanta fuerza, había crecido hasta casi la alucinación. Su ansia le abría los ojos, su fantasía, sin haber llegado a tranquilizarse desde las horas de trabajo, creó en sí un ejemplo de todos los prodigios y espantos de la variada tierra, que se había empeñado en imaginar del tirón: vio; vio un paisaje, un humedal tropical bajo un cielo lleno de polvo denso, húmedo, exuberante y formidable, una especie de naturaleza antediluviana de islas, cenagales y brazos de agua entre el lodo; vio una vegetación vellosa de troncos de palmera saliendo de lujuriantes helechos, de suelos de vegetación suculenta, hinchada y fabulosamente floreciente, creciendo cerca y lejos; vio árboles de llamativas formas cuyas raíces se hundían en el terreno, tras cruzar el aire, en oleadas verdes y umbrosas de resplandecientes mareas, donde entre las flores flotantes, que eran blancas como la leche y grandes como platos, se habían posado en la poca profundidad del agua aves de extrañas especies, de cabezas hundidas y picos desmedidos, que miraban inmóviles a los lados; vio centellear entre los cañaverales nudosos de los bambúes las luces de un tigre que masticaba... y sintió latir su corazón de terror y ansia enigmática. Luego Aschenbach volvió el rostro y, sacudiendo la cabeza, retomó su paseo a lo largo de las verjas de los marmolistas.

Había podido disfrutar a voluntad, por lo menos desde que había dispuesto de los medios, de las ventajas del tráfico internacional, no considerando viajar otra cosa que una medida higiénica que debía tomarse de vez en cuando, aun sin interés ni inclinación. Demasiado ocupado con las tareas que su yo y su alma europea le imponían, demasiado cargado con el deber de producir, poco inclinado al esparcimiento para ser amante del multicolor mundo exterior, se había contentado con la idea que puede obtener de la superficie terrestre alguien sin alejarse demasiado de su círculo, y ni siquiera había intentado nunca salir de Europa. Sobre todo desde que su vida se inclinaba despacio hacia su fin, desde que, como artista, temía no poder terminar su obra, desde que ya no podía rechazar como mero fruto de su imaginación ese temor a quedarse sin tiempo antes de haber cumplido su objetivo y haber dado todo lo que tenía en sí, su realidad exterior se había limitado casi por completo a la hermosa ciudad que se había convertido en su hogar y a la austera finca que se había construido en las montañas y donde pasaba el lluvioso verano.

También en ese momento, lo que lo había asaltado tan tarde y de repente se vio muy pronto moderado y rectificado por la razón y el dominio de sí mismo que había ejercitado desde muy joven. Había proyectado seguir con la obra para la que vivía hasta un punto determinado antes de trasladarse al campo, y la idea de darse un garbeo por el mundo, que lo alejaría durante meses de su trabajo, le parecía demasiado inconsciente e improvisada para planteársela en serio. Y, sin embargo, sabía demasiado bien a qué se debía aquella súbita tentación. Era ansia de huida lo que había surgido en él, aquel anhelo de lejanía y novedad, aquel afán de liberación, de descarga y de olvido: el ansia de alejarse de la obra, de los lugares cotidianos de un deber rígido, frío y apasionado. Y eso que lo amaba y casi amaba ya también la lucha extenuante que se renovaba cada día entre su voluntad obstinada y orgullosa, tan a menudo puesta a prueba, y aquel creciente cansancio del que nadie sabía y cuya existencia no podía adivinarse de ninguna manera, ni por indicio de renuncia ni por desánimo alguno. Pero parecía sensato no tensar demasiado la cuerda y no apagar por capricho una necesidad surgida de manera tan vívida. Pensó en su trabajo, pensó en el lugar en que de nuevo hoy, igual que ayer, había tenido que abandonarlo, y que no parecía someterse ni al paciente cuidado ni a un rápido golpe de mano. Lo intentó de nuevo, intentó superar el obstáculo o resolverlo, y desistió del asalto con un estremecimiento de aversión. No era una dificultad extraordinaria lo que se le ofrecía: lo que lo frenaba eran los escrúpulos de la desgana que se presentaban como una insaciabilidad que no sabía calmar. Por supuesto, de joven había considerado la insaciabilidad esencia y naturaleza interior del talento y, por consideración a ella, había refrenado y enfriado el sentimiento, pues sabía que este se inclinaba a contentarse con una aproximación alegre y una perfección incompleta. ¿Se vengaba ahora la emoción subyugada abandonándolo, negándose a seguir llevando y dando alas a su arte, y arrastrando consigo toda gana, todo entusiasmo en cuanto a la forma y la expresión? No es que se imaginase lo peor: esta era al menos la ventaja de la edad, que sentía en todo momento con calma la seguridad de su maestría. Pero él mismo, pese a que la nación la honraba, él no estaba satisfecho con ella, y le parecía que su obra carecía de las características del humor impetuoso y sin esfuerzo que eran un producto de la alegría más que de una sustancia interior, de una superioridad propia, que formaban la alegría del mundo gozoso. Temía el verano en el campo, solo en la casita con la doncella que le preparaba la comida y el criado que se la servía; temía la vista familiar de las cimas y laderas de las montañas que de nuevo rodearían su lentitud desilusionada. Y, por tanto, le era necesario hacer algo, algo improvisado, haragán, que aportase distancia y nueva sangre para que el verano fuese soportable y fecundo. Viajar, pues: le parecía bien. No muy lejos, no hacía falta llegar a los tigres. Una noche en el coche cama y un descanso de tres o cuatro semanas en algún concurrido lugar de vacaciones del amable sur...

Eso pensó mientras el ruido del tranvía eléctrico se acercaba por la Ungererstrasse y, al montar en él, decidió dedicar esa noche al estudio de mapas y guías de ferrocarriles. En la plataforma se le ocurrió mirar al hombre del sombrero de rafia, al compañero de aquella fructífera espera. Pero no le quedó claro su paradero, pues no estaba ni donde lo había visto antes ni en la siguiente parada, ni tampoco pudo descubrirlo en el vagón.

2

El autor de la elocuente y formidable epopeya en prosa sobre la vida de Federico de Prusia; el paciente artista que con tanta diligencia había tejido, a la sombra de una idea, el tan variado destino de los hombres, lleno de figuras, en el tapiz de la novela *Maia*; el creador de aquel intenso relato titulado *El miserable*, que mostró a toda una juventud agradecida la posibilidad de una moral firme más allá del conocimiento más profundo; el redactor, por fin (y con ello quedan nombradas todas sus obras de madurez), del apasionado ensayo sobre *Arte y espíritu*, cuya fuerza conclusiva y elocuencia antitética permitieron a los críticos serios colocarlo de inmediato a la altura del razonamiento de Schiller sobre la poesía ingenua y sentimental: es decir, Gustav Aschenbach, había nacido en L., cabecera de distrito en la provincia de Silesia, hijo de un alto funcionario de justicia. Sus antepasados habían sido oficiales, jueces, funcionarios de la administración, hombres que al servicio del rey habían dedicado al Estado su vida honrada, disciplinada y frugal. La espiritualidad más íntima se había encarnado en ellos una vez, en la persona de un predicador; la sangre alegre y más voluptuosa había entrado en la familia en la generación anterior, con la madre del escritor, hija de un bohemio director de orquesta. De ella había heredado sus rasgos más exóticos. Las nupcias de la escrupulosidad en el cumplimiento del deber con los impulsos más oscuros, más fogosos, habían permitido que surgiese un artista, y este artista en concreto.

Puesto que centraba toda su existencia en la fama, se mostró, si no auténticamente precoz, sí, gracias a su resolución y su lacónico tono personal, pronto maduro y dotado para la notoriedad. Casi aún en la secundaria, se había hecho ya un nombre. Diez años más tarde, había aprendido a administrar su fama desde su escritorio en una correspondencia que había de ser breve (pues muchas son las pretensiones que se exigen de quien triunfa, de quien es solvente), benévola y sustanciosa. A los cuarenta años, fatigado por los esfuerzos y los reveses del trabajo, tramitaba entre su correo diario misivas con sellos de todos los países del mundo.

Igual de alejado de lo banal que de lo excéntrico, su talento había conseguido ganarse a la vez la fe del público general y la simpatía admirada y exigente de los más difíciles de satisfacer. Así pues, ya de joven, obligado por todas las partes a rendir —y, de hecho, de manera extraordinaria—, nunca había conocido la ociosidad, nunca la despreocupación risueña de la juventud. Cuando enfermó, recién cumplidos los treinta y cinco años, en Viena, un atento observador comentó sobre él en medio de una conversación:

—Miren, Aschenbach siempre ha vivido así —y quien hablaba cerró los dedos de su mano izquierda formando un puño—, nunca así. —Y dejó caer la mano abierta cómodamente sobre el respaldo de la silla.

Era cierto; y lo heroico del caso era que ese carácter no era innato, sino solo convocado por una constitución en absoluto robusta y la vocación de tensión constante.

Los médicos habían descartado que el muchacho acudiese a la escuela y lo habían obligado a tomar lecciones en casa. Había crecido solo, sin compañeros, y no había tardado en reconocer que pertenecía a un linaje en el que no escaseaba el talento sino la base física que permitía su desarrollo; un linaje que da pronto lo mejor y en el que la habilidad no suele envejecer. Pero su palabra preferida era «aguantar», veía en su novela de Federico nada más que la apoteosis de esa consigna que siempre le pareció la esencia de la virtud del sufrido trabajador. También tenía un vívido deseo de llegar a viejo, pues siempre había supuesto que solo podía ser verdaderamente grande, completo, incluso verdaderamente honorable el arte que es característicamente fértil en todas las fases de la vida humana.

Entonces, puesto que quería llevar sobre sus frágiles hombros las tareas con las que lo abrumaba su talento, y llevarlas lejos, precisaba en gran medida disciplina, y la disciplina era por suerte su herencia congénita por parte de padre. Con cuarenta, con cincuenta años, ya en una edad en la que otros malgastan, se dispersan, aplazan sin miedo la realización de los grandes planes, él comenzaba los días temprano bañándose de agua fría el pecho y la espalda, y sacrificaba luego al arte, con un par de altas velas de cera en candeleros de plata a la cabeza del manuscrito, las fuerzas que había reunido durante el sueño en dos o tres horas mañaneras de ferviente y concienzudo trabajo. Se podía perdonar, es más, significaba incluso la victoria de su moralidad, que los ignorantes tomasen el mundo de Maia o las dimensiones épicas en las que se desarrollaba la vida heroica de Federico por el producto de la pura fuerza y del tesón, cuando más bien se acumulaban en breves jornadas a partir de un centenar de inspiraciones y solo por eso eran absolutamente perfectas en cada punto, porque su creador, con una voluntad de hierro y una pertinacia parecidas a las que habían conquistado su provincia de origen, había soportado durante años la tensión de una y la misma obra, y había dedicado sus horas más fuertes y meritorias únicamente a elaborarla.

Para que un producto intelectual significativo pueda tener en el acto un efecto extenso, debe existir un parentesco secreto, incluso un consenso, entre el sino personal de su autor y el general de sus contemporáneos. Los hombres no saben por qué hacen famosa una obra de arte. Lejos de ser competentes, creen descubrir en ella un centenar de perfecciones que justifican su interés; pero la verdadera razón de su aplauso es un imponderable, es simpatía. Aschenbach había expresado una vez, en cierto lugar no muy conocido, que casi todo lo grande que existe, existe a pesar de: a pesar de la preocupación y la angustia, de la pobreza, del abandono, de la debilidad corporal, de las malas costumbres, de la pasión y de un millar de trabas. Pero eso era más que un comentario, era una experiencia, era directamente la fórmula de su vida y su fama, la clave de su obra; y cómo iba a extrañar, pues, que fuese también el carácter visible, el ademán externo de sus personajes más propios.

Sobre las apariciones nuevas y variadas de los protagonistas recurrentes que este escritor prefería ya había escrito pronto un astuto analista: que era la idea de «una masculinidad joven e intelectual, que aprieta los dientes con pudor orgulloso y aguanta estoica las lanzas y espadas que le atraviesan el cuerpo». Era bonito, ingenioso y exacto, a pesar de su cuño en apariencia demasiado pasivo. Pues el porte ante el destino, el donaire en la angustia no significan solo resignación: son un servicio activo, un triunfo positivo, y la figura de san Sebastián es el símbolo más hermoso, si no de todo el arte, desde luego del arte que nos compete. Si se miraba en su mundo narrado, se veía: el elegante dominio de sí mismo que oculta hasta el último momento una erosión interior, la decadencia biológica ante los ojos del mundo; la fealdad cetrina sensiblemente desfavorecida, que puede atizar su pasión sin llama hasta la incandescencia, es más, decidirse incluso a dominar el reino de la belleza; la impotencia pálida que toma su fuerza de las candentes profundidades del espíritu para postrar a todo un pueblo insolente al pie de la cruz, a sus propios pies; el porte amable al servicio vacío y estricto de la forma; la vida falsa y peligrosa, el arte y el anhelo rápidamente extenuados del timador nato; si se consideraba destino todo esto y muchas otras cosas parecidas, se podía dudar de si hay en absoluto otro heroísmo que el de la debilidad. Pero ¿qué otro heroísmo sería, en cualquier caso, más adecuado para la época que este? Gustav Aschenbach era el escritor de todos los que trabajan al borde del agotamiento, de los agobiados, ya consumidos, que se mantienen en pie aun así, de todos esos moralistas del denuedo que, endebles y mediocres, consiguen del arrobamiento de la voluntad y de su administración astuta, al menos durante un tiempo, los resultados de los grandes. Son muchos y son los héroes de la época. Y todos se reconocían en su obra, se encontraban confirmados, exaltados, celebrados en ella, le estaban agradecidos, proclamaban su nombre.

De joven había sido brutal con la época, y mal aconsejado por ella, había obviamente tropezado, se había equivocado, se había puesto en ridículo, había cometido faltas contra el tacto y la sensatez en obra y palabra. Pero había alcanzado la dignidad que, según afirmaba, persigue todo gran talento con una urgencia y un acicate natural que surgen de él; se podría decir incluso que toda su evolución había sido un ascenso consciente y obstinado hacia la dignidad, superando todas las trabas de la duda y la ironía.

La tangibilidad expresiva, sin compromiso espiritual, de la creación constituye el deleite de las masas burguesas, pero la juventud apasionadamente categórica solo se cautiva con lo problemático: y Aschenbach había sido problemático, había sido categórico como solo un joven puede serlo. Se había abandonado al genio, agotado su conocimiento, molido la semilla, revelado los secretos, sospechado del talento, traicionado el arte... Sí, mientras sus obras entretenían a los que las disfrutaban con fe, los exaltaban, los animaban, él, el joven artista, con su cinismo en cuanto a la cuestionable existencia del arte, de la misma vida del artista, había seducido a los veinteañeros.

Pero parece que un alma noble y buena no se abotarga más honda y rápidamente que contra el estímulo amargo y afilado del conocimiento; y es sabido que la minuciosidad más melancólicamente exacta del joven es superficial en comparación con la honda resolución del hombre que se ha convertido en maestro para negar el saber, rechazarlo, alejarse de él con la cabeza alta, en la medida en que puede entorpecer, desalentar, envilecer lo más mínimo la voluntad, el hecho, el sentimiento e incluso la pasión. ¿Cómo podría interpretarse el conocido relato *El miserable* sino como estallido de repugnancia hacia el indecoroso psicologismo de la época, encarnado en la figura de ese canallita flojo y bobo que conquista con sus malas artes el destino, arrojando a su mujer, por impotencia, depravación, veleidad ética, a los brazos de un imberbe, y se cree en poder de hacerlo por pura bajeza? El peso de las palabras con las que ese relato reprueba lo reprobable proclama el alejamiento de todo equívoco moral, de toda simpatía por el abismo, la renuncia a la relajación de la compasión que supone afirmar que comprenderlo todo es perdonarlo todo, y lo que en él se preparaba, incluso se consumaba, era ese «milagro de la ingenuidad renacida», sobre el que un poco más tarde el autor hablaba expresamente, y no sin cierto tono enigmático, en uno de sus diálogos. ¡Extrañas conexiones! ¿Era una consecuencia espiritual de ese «renacimiento», de esos nuevos dignidad y rigor, que en aquella época se observase un robustecimiento casi excesivo de la sensibilidad estética del autor, de esa noble pureza, sencillez y armonía de la composición, que aportó a sus textos un cuño tan evidente, incluso intencionado, de maestría y clasicismo? Pero la firmeza moral más allá del saber, del conocimiento resolutorio e inhibitorio, ¿no significaba, a su vez, una simplificación, una ingenuización moral del mundo y del alma, y con ello también un fortalecimiento del mal, de lo prohibido, de lo moralmente imposible? ¿Y no tiene la forma una doble cara? ¿No es moral e inmoral a un tiempo: moral como resultado y expresión del orden; inmoral, sin embargo, e incluso contramoral, en la medida en la que la naturaleza encierra en sí una indiferencia ética y, en esencia, intenta someter lo ético a su cetro orgulloso y despótico?

Sea como fuere, una evolución es un destino; y ¿cómo no iba a ser distinto del que acompaña la simpatía, la confianza masiva de un público amplio, este que se consuma sin el brillo y los compromisos de la fama? Solo el eterno veleidoso encuentra aburrido y tiende a despreciar que un gran talento salga de la fase de crisálida libertina, se acostumbre a percibir significativamente la dignidad espiritual y acepte la cortesía de una soledad que era lucha y sufrimiento absolutamente desconcertado, duramente independiente, y que le trajo el poder y el honor entre los hombres. Cuánto juego, porfía, placer hay, por cierto, en la autoformación del talento. Algo oficial y pedagógico se introdujo con el tiempo en las presentaciones de Gustav Aschenbach, su estilo se alejó en los años siguientes del atrevimiento inmediato, de las sombras sutiles y nuevas, se dirigió hacia lo inmóvil e impecable, pulido y convencional, conservador, formal, incluso formulario, y como la leyenda dice de Luis XIV, al envejecer, desterró de su forma de hablar toda expresión vulgar. Entonces sucedió que las autoridades educativas incluyeron páginas suyas escogidas en los libros escolares. Le pareció razonable y no rechazó que un conde alemán, nada más ascender al trono, regalase al autor del *Federico* su propio título nobiliario (marcado por el «von» de su apellido), con ocasión de su quincuagésimo cumpleaños.

Tras algunos años de impaciencia, algunas estancias de prueba aquí y allá, eligió temprano Múnich como residencia definitiva, y vivía allí en circunstancias burguesas, como toca en suerte al genio en casos muy concretos. El matrimonio que había contraído aún joven con una muchacha de familia instruida, fue separado tras un breve periodo de felicidad por la muerte. Tenía una hija, ya casada. No lo había obsesionado nunca tener un hijo.

Gustav von Aschenbach era de estatura más bien mediana, moreno, no usaba ni barba ni bigote. Su cabeza parecía un poco demasiado grande en comparación con su complexión casi delicada. El pelo cepillado hacia atrás, ralo en la coronilla, muy denso en las sienes y con muchas canas, enmarcaba una frente alta, abrupta, se diría que cubierta de cicatrices. El puente de una montura de oro, sin aros en los cristales, se hundía en la raíz de la nariz regordeta, noblemente aguileña. Tenía la boca grande, a menudo lánguida, a menudo, de pronto, estrecha y tensa; los carrillos enjutos y con surcos, la barbilla bien formada, ligeramente partida. Importantes destinos parecían haber recorrido aquella cabeza que el sufrimiento solía ladear levemente y, sin embargo, en su caso había sido el arte el que se había hecho cargo de toda formación fisionómica que, si no, es el trabajo de una vida dura y agitada. Tras esa frente habían nacido las réplicas fulgurantes de la conversación sobre la guerra entre Voltaire y el rey; esos ojos cansados, que miraban profundos a través de las gafas, habían visto el sangriento infierno del lazareto de la guerra de los Siete Años. También en lo personal, el arte es una vida aumentada. Hace más feliz, consume antes. Entierra en el rostro de su servidor las huellas de aventuras imaginarias e intelectuales, y crea con el tiempo, incluso en la tranquilidad de una existencia monacal, cierto afeminamiento, refinamiento, cansancio y curiosidad nerviosa, de una manera que una vida entregada a las pasiones y los placeres apenas puede causar.

3

Diversos asuntos de naturaleza mundana y litera-
ria retuvieron en Múnich a un Aschenbach ansio-
so de viajar durante aún unas dos semanas tras
aquel paseo. Por fin, tras dar instrucciones de que
tuviesen a punto su casa de campo para instalar-
se al cabo de un mes, viajó un día entre mediados
y finales de mayo con el tren nocturno a Trieste,
donde solo se detuvo veinticuatro horas y embar-
có a la mañana siguiente hacia Pula.

Buscaba lo foráneo y desacostumbrado y, sin
embargo, de fácil acceso, por lo que se instaló en
una isla del Adriático célebre desde hacía algunos
años, no lejos de la costa de Istria, con pintores-
cos campesinos de habla completamente extraña
y hermosas calas abiertas al mar. Solo lo contra-
riaban la lluvia y el aire denso, los austriacos pro-
vincianos que formaban la sociedad cerrada del
hotel y la falta de esa intimidad tranquila con el
mar que solo garantiza una playa de arena suave;

y eso le impedía sentir que había encontrado el destino adecuado; lo inquietaba un impulso en su interior, no tenía aún claro hacia dónde, así que estudió itinerarios de barco, observó a su alrededor y, de pronto, a la vez con sorpresa y de manera evidente, se le presentó el objetivo ante los ojos. ¿Dónde ir para alcanzar de un día para otro lo incomparable, lo fabulosamente distinto? Estaba clarísimo. ¿Qué hacía, pues, allí? Había errado. Sabía, ahora, dónde había querido ir. Se apresuró a dar por terminada su fallida estancia. Al cabo de semana y media de su llegada a la isla, un rápido bote a motor lo trasladó con su equipaje, en la brumosa madrugada, de vuelta al puerto militar, y allí solo pisó tierra firme para enseguida cruzar por una pasarela de madera a la cubierta húmeda de un barco a vapor con rumbo a Venecia.

Era una trasnochada nave de nacionalidad italiana, anticuada, oscura y llena de hollín. En un camarote de la bodega interior que era poco más que una gruta, iluminado artificialmente, al que lo llevó nada más embarcar un marinero giboso y sucio, con cortesía sonriente, Aschenbach encontró sentado tras una mesa, el sombrero inclinado sobre la frente y una punta de cigarrillo en la comisura de la boca, a un hombre con barba de chivo y la fisionomía de un domador de circo pasado de moda, que tomó con formas ligeramente comerciales los datos del viajero y le extendió el pasaje.

—A Venecia —repitió la petición de Aschenbach, extendiendo el brazo y hundiendo la pluma en los pastosos restos de un tintero inclinado hacia un lado—. Primera clase a Venecia. Aquí tiene, señor. —Y escribió a grandes garabatos, esparció secante azul de una lata sobre lo escrito, lo tiró luego en un cuenco de barro, dobló el papel con dedos huesudos y amarillos, y escribió de nuevo—. Un destino felizmente escogido —charloteó mientras lo hacía—. Ah, Venecia. ¡Una ciudad soberbia! Una ciudad de atractivo irresistible para los intelectuales, tanto por su historia como por sus tentaciones actuales.

La pura velocidad de sus movimientos y la charla vacía con la que los acompañaba tenían algo de anestesiante que distraía, algo como si le preocupase que el viajero pudiese aún dudar de su decisión de ir a Venecia. Cobró aprisa y dejó caer el cambio, con la soltura de un crupier, sobre el tapete de paño salpicado de manchas de la mesa.

—Buena estancia, señor —dijo con una reverencia teatral—. Es un honor que viaje con nosotros... ¡Señores míos! —llamó enseguida con el brazo en alto, e hizo como si el negocio estuviese a pleno funcionamiento, aunque no había allí nadie más que hubiese solicitado sus servicios. Aschenbach volvió a la cubierta.

Con un brazo apoyado en la borda, observó a los ociosos que holgazaneaban en el muelle para asistir a la partida del barco, y a los pasajeros de a bordo. Los de segunda clase, hombres y mujeres, se acuclillaban en la cubierta de proa, usando cajas y hatillos como asientos. Sus compañeros de viaje en la cubierta de primera eran un grupo de jóvenes, dependientes de comercio de Pula, por lo que parecía, que se habían animado entusiasmados a una excursión a Italia. Se daban no poco bombo y, alardeando de su empresa, charlaban, reían, disfrutaban de su pantomima, pagados de sí mismos, y gritaban, inclinados por encima de la barandilla, chistes fáciles a los camaradas que, con carteras bajo el brazo, entraban en los locales de la calle del puerto y amenazaban a los festejantes con el bastón. Uno, con un moderno traje de verano de color pajizo, una corbata roja y un panamá de ala osadamente recogida, llamaba la atención con su voz cantarina y su jovialidad, sobre todos los demás. Pero, en cuanto Aschenbach lo hubo observado con más detenimiento, reconoció con una especie de horror que su juventud era falsa. Era viejo, no había duda de ello. Tenía los ojos y la boca rodeados de arrugas. El carmesí mate de las mejillas era afeite; el pelo castaño bajo el sombrero de paja de cinta colorida, un peluquín; su cuello caduco y nervudo; teñidos su estudiado bigotito y la perilla; su dentadura amarilla y completa, que enseñaba al sonreír, un postizo barato; y sus manos, que lucían sendos sellos en el índice, eran las de un anciano. Horripilado, Aschenbach lo contempló y observó la forma en que lo trataban los amigos. ¿No sabían, no se daban cuenta de que era viejo, de que no tenía derecho a esa elegancia y a sus ropas coloridas, de que jugaba sin derecho a ser uno de ellos? Por lo que se veía, lo toleraban con naturalidad y costumbre, lo trataban como a un igual, respondían sin aversión a sus codazos guasones. ¿Cómo era posible? Aschenbach se cubrió la frente con la mano y cerró los ojos, que le ardían, pues había dormido muy poco. Era como si algo no fuese del todo normal, como si en torno a él comenzase una enajenación somnolienta, una desfiguración del mundo que tal vez pudiese atajar si se cubría por un ratito el rostro y miraba, luego, de nuevo alrededor. En ese momento, sin embargo, le dio la impresión de estar flotando y, levantando la mirada con un sobresalto irracional, notó que la oscura mole del barco se alejaba poco a poco de la orilla. Pulgada a pulgada, con el trabajo adelante y atrás del motor, se fue ampliando la franja de agua sucia y centelleante entre el muelle y el barco, y tras torpes maniobras el vapor volvió el bauprés hacia el mar abierto. Aschenbach cruzó al costado de estribor, donde el giboso le había abierto una silla de cubierta, y un camarero de frac manchado le tomó el pedido.

El cielo estaba gris, el viento húmedo. El puerto y la isla habían quedado atrás, y rápidamente se perdió del horizonte brumoso todo rastro de tierra. Motas de carbonilla hinchadas por la humedad caían sobre la cubierta mojada, que no quería secarse. No pasó ni una hora hasta que tendieron un toldo, pues había comenzado a llover.

Envuelto en su abrigo, un libro en el regazo, el viajero reposaba sin percibir el paso de las horas. Había dejado de llover; quitaron el toldo. El horizonte era perfecto. Bajo la cúpula nublada del cielo se extendía alrededor la monotonía inmensa del mar. Pero en el vacío, en el espacio indiviso, nuestra comprensión carece también de la dimensión del tiempo, y nos aletargamos en lo inconmensurable. Vagas figuras singulares, el anciano presumido, la barba de chivo del interior del barco, cruzaban con gestos inciertos, con confusas palabras de ensueño, la mente amodorrada de Aschenbach, y acabó por dormirse.

Hacia mediodía lo invitaron a un piscolabis en el comedor, una especie de pasillo al que daban las puertas de los camarotes, y donde en el extremo de la larga mesa, a cuya cabecera comió, empinaban el codo con el alegre capitán, desde las diez de la mañana, los dependientes, incluido el viejo. La comida fue miserable, y acabó pronto. Salió al aire libre para observar el cielo: ¿no querría despejarse sobre Venecia?

No había pensado que pudiese pasar otra cosa, pues la ciudad lo había recibido siempre en todo su esplendor. Pero cielo y mar seguían empañados y plomizos, a ratos lloviznaba, y se resignó a llegar por agua a una Venecia distinta a la que había encontrado al acercarse por tierra. Estaba junto al palo de foque, la mirada perdida, esperando ver la costa. Se acordó del poeta melancólico y entusiasta, cuyos versos habían hecho una vez surgir de estas aguas los campanarios y las cúpulas de sus sueños, recitó en silencio parte de lo que, desde entonces, por respeto, felicidad y tristeza, había pasado a ser un canto comedido y, enternecido sin esfuerzo por la emoción ya conformada, examinó su corazón serio y cansado para ver si podía aún, tal vez, despertar en él un nuevo entusiasmo, un nuevo desconcierto, una tardía aventura del sentimiento del ocioso viajero.

Surgió, entonces, a su derecha la llana costa, barcas de pescadores animaron el mar, la isla de los baños apareció, el vapor viró a la izquierda, se deslizó ralentizando la marcha por el estrecho puerto que se llama como ella, y sobre la laguna, ante las abigarradas casas pobres, frenó del todo, pues debían esperar al batel del cuerpo de sanidad.

Pasó una hora hasta que apareció. Habían llegado, pero no; no tenían prisa y sentían, no obstante, el impulso de la impaciencia. Los jóvenes de Pula, patrióticamente atraídos también por la corneta de órdenes cuyo sonido llegaba desde las inmediaciones de los Jardines Reales sobre el agua hasta el barco, habían salido a cubierta y, ebrios de espumoso de Asti, prorrumpieron en vivas a los *bersaglieri* que se instruían al otro lado del agua. Pero era repugnante ver el estado al que había llevado al compuesto anciano su falsa amistad con la juventud. Su vieja mollera no había soportado ágil el vino como las jóvenes, estaba lamentablemente borracho. La mirada alelada, un cigarrillo entre los dedos temblorosos, se tambaleaba en el sitio, manteniendo el equilibrio a duras penas, oscilando adelante y atrás debido a la embriaguez. Puesto que se habría caído al primer paso, no se movía ni un ápice, aunque mostraba una alegría infame, agarraba a todo el que se acercaba por la botonadura, balbucía, guiñaba los ojos, reprimía risitas, levantaba su arrugado índice ensortijado acompañando chistes bobos y se lamía con la punta de la lengua la comisura de los labios de una manera atrozmente ambigua. Aschenbach lo miró con el entrecejo fruncido y, de nuevo, lo invadió un sentimiento de sopor, como si el mundo mostrase una inclinación ligera, aunque no inhibitoria, a deformarse hacia lo singular y lo grotesco: una sensación de la que lo alejaron las circunstancias, pues las máquinas comenzaron de nuevo su cabeceo y el barco reanudó su camino, interrumpido tan cerca del destino, a través del canal de San Marcos.

Y así volvió a ver el asombroso embarcadero, aquella deslumbrante composición de edificios fantásticos que contrastaba con la república de respetuosas miradas de quienes se acercaban en barco: la ligera magnificencia del palacio y el puente de los Suspiros, las columnas con el león y el santo en la ribera, el costado fastuosamente dominante de aquel templo de cuento, el panorama del arco y el gigantesco reloj y, mientras miraba, recordó que por tierra, al llegar a la estación de Venecia, había que entrar por la puerta trasera de un edificio, y pensó que no habría que entrar en la más increíble de las ciudades de ninguna otra forma que como ahora, como en barco, como desde mar abierto.

Las máquinas se detuvieron, las góndolas se acercaron, se bajó la escalerilla de portalón, los aduaneros subieron a bordo y cumplieron sus deberes sin prestar mucha atención: podía comenzar el desembarco. Aschenbach comunicó que deseaba una góndola para transportarlo, junto con su equipaje, desde aquel vaporcito a la estación que unía la ciudad con el Lido; pues pensaba alojarse junto al mar. Aprueban su proyecto, gritan su deseo hacia la superficie del agua, donde los gondoleros riñen entre ellos en dialecto. Algo le impide bajar, se lo impide su maleta, de la que tira y arrastra con trabajo por la escalerilla abajo. Así parece, durante minutos, no estar en condiciones de evitar las impertinencias del monstruoso anciano, cuya ebriedad lo empuja oscuramente a despedir con grandes muestras al extraño.

—Le deseamos la más feliz de las estancias —berrea entre reverencias—. ¡A sus pies, caballero! ¡*Au revoir, excusez* y *bon jour*, su excelencia! —La boca llena de baba, cierra los ojos, se lame las comisuras, y la perilla teñida se pega a los viejos labios con decisión—. Nuestros respetos —balbucea, tocándose la boca con la yema de dos dedos—, nuestros respetos a la prenda, la prenda más amada y hermosa... —Y, de pronto, se le cae la falsa dentadura del maxilar superior sobre el labio inferior. Aschenbach logró huir—. A la prenda, la fina prenda... —oyó las palabras arrulladoras, huecas y torpes a su espalda, mientras bajaba la escalerilla del portalón agarrándose al pasamanos de cuerda.

¿Quién no habría tenido que luchar contra un fugaz estremecimiento, cierto recelo y angustia secretos, cuando embarca por primera vez o tras mucho tiempo sin hacerlo en una góndola veneciana? El singular vehículo, heredado sin cambios de los tiempos juglarescos y tan característicamente negro como solo son, entre todas las cosas, los ataúdes, evoca empresas silenciosas y criminales en los murmullos de la noche, pero evoca aún más a la muerte misma, al féretro y los funerales y el último viaje silencioso. ¿Y se ha dado alguien cuenta de que el asiento de estas barcas, ese butacón acolchado y lacado de negro mate, de negro ataúd, es el más blando, el más suntuoso, el que más induce al sueño del mundo? Aschenbach se dio cuenta, al sentarse a los pies del gondolero, frente a su equipaje, que yacía prolijamente reunido en el extremo. Los remeros seguían riñendo, áspera, incomprensiblemente, con gestos amenazantes. Pero la extraordinaria calma de la ciudad acuática parecía acoger sus voces con suavidad, descarnarlas, dispersarlas sobre las aguas. Hacía calor en el puerto. Templado por el aliento del siroco, reclinado sobre almohadones en el dúctil elemento, el viajero cerró los ojos para disfrutar de una desidia tan dulce como desacostumbrada. El viaje sería corto, pensó; ¡ojalá durase para siempre! En el ligero balanceo, sintió cómo se alejaba de la congestión de gente, del griterío confuso.

¡Estaba cada vez más tranquilo! No se oía nada más que el chapoteo del remo, el impacto huero de las olas contra el tajamar de la barca, que se alzaba recto y negro en la punta, armado como una albarda, sobre el agua, y aún una tercera cosa, un habla, un murmullo: el cuchicheo del gondolero, que hablaba para sí entre dientes, a impulsos, con palabras comprimidas por el esfuerzo de sus brazos. Aschenbach lo miró y, con ligera sorpresa, notó que la laguna se extendía en torno a él y que su viaje se dirigía a mar abierto. Así pues, parecía que no iba a poder tranquilizarse demasiado, pues tendría que ocuparse de la ejecución de su voluntad.

—A la estación de vapores —dijo, girándose a medias hacia atrás.

El murmullo cesó. No obtuvo respuesta.

—¡A la estación de vapores, he dicho! —repitió, volviéndose del todo y alzando los ojos al rostro del gondolero, que se recortaba en pie contra el cielo, tras él sobre la borda elevada.

Era un hombre de fisionomía poco agradable, brutal, vestido de azul marinero, con una banda amarilla ceñida a la cintura y un sombrero de paja deforme, cuyo trenzado comenzaba a soltarse, audazmente torcido sobre la cabeza. Sus rasgos, su bigote rubio y rizado bajo la nariz respingona, no lo hacían parecer en absoluto italiano. Aunque de constitución más bien delgada, de manera que no se lo habría creído especialmente dotado para su oficio, llevaba el remo, usando todo el cuerpo en cada golpe, con gran energía. Un par de veces contrajo los labios por el esfuerzo y descubrió los blancos dientes. Con las cejas rojizas arrugadas, perdía la mirada por encima del cliente y contestó con un tono firme, casi tosco:

—Va usted al Lido.

—En efecto —respondió Aschenbach—. Pero he alquilado la góndola solo para cruzar a San Marcos. Me gustaría tomar el *vaporetto*.

—No puede usted tomar el *vaporetto*, señor.

—¿Y por qué no?

—Porque el *vaporetto* no transporta equipaje.

Eso era cierto, recordó Aschenbach. Guardó silencio. Pero las maneras bruscas, arrogantes, tan poco habituales del país con un extranjero, le parecieron insoportables.

—Eso es cosa mía —dijo—. Tal vez quiero dejar el equipaje en consigna. Dé la vuelta.

Hubo un silencio. El remo chapoteaba, el agua golpeaba sordamente la proa. Y el murmullo y el mascullar comenzaron de nuevo: el gondolero hablaba para sí entre dientes.

¿Qué podía hacer? Solo en el mar con aquel hombre especialmente insubordinado, inquietantemente decidido, el viajero no veía medio de

44

hacer valer su voluntad. ¡Qué bien podría disfrutar la calma si no se indignase! ¿No había deseado que el viaje durase mucho, que durase para siempre? Lo más sensato era dejar que las cosas siguieran su curso y, en realidad, era muy agradable. Una inercia de reposo parecía surgir de su asiento, de aquel butacón bajito, negro y acolchado, que tan suavemente se balanceaba al ritmo de los golpes de remo del despótico gondolero a su espalda. La idea de haber caído en manos de un criminal rozó ensoñadora la frente de Aschenbach, sin fuerza para llamar a sus pensamientos un verdadero rechazo. Tristemente, era mucho más probable que todo se debiese a simple afán de dinero. Una especie de sentimiento del deber o de orgullo, por decirlo de alguna manera, un recuerdo de que más valía prevenir, lo resolvió a hacer otro esfuerzo.

—¿Qué pide por el viaje? —preguntó.

—Lo pagará —le contestó el gondolero, mirando por encima de él.

Estaba claro lo que pasaba. Aschenbach dijo mecánicamente:

—No voy a pagar nada, nada en absoluto si no me lleva donde quiero.

—Quiere ir al Lido.

—Pero no con usted.

—Le gusta cómo navego.

Eso es cierto —pensó Aschenbach, y se relajó—. Eso es cierto: me gusta cómo navegas. Y, aunque hayas puesto el ojo en mi dinero y me mandes al otro mundo con un golpe de remo por la espalda, seguirá gustándome cómo navegas.

Solo que eso no sucedió. Hasta hubo compañía: un barco de músicos callejeros, hombres y mujeres que cantaban al son de guitarras, de mandolinas, se unió sin permiso, bordo con bordo, con la góndola, y llenó la calma sobre el agua con su poesía extranjera, ávida de ganancias. Cuando Aschenbach dejó caer dinero en el sombrero que le tendían, se callaron y se fueron. Y volvió a ser perceptible el soliloquio del gondolero, que de vez en cuando hablaba para sí de manera incoherente.

Y así llegaron, mecidos por la estela de un vapor que salía hacia la ciudad. Dos funcionarios municipales, con las manos a la espalda, la cara vuelta hacia la laguna, recorrían la ribera arriba y abajo. Aschenbach abandonó la góndola por la pasarela, ayudado por ese anciano que hay en todos los desembarcaderos de Venecia con un bichero; y, puesto que no tenía suelto, se dirigió al hotel junto al muelle del *vaporetto* para cambiar, y pagar como le pareciese al remero. Lo atendieron en el vestíbulo, volvió, encontró su equipaje en un carro sobre el muelle, y la góndola y el gondolero habían desaparecido.

—Se ha escapado —dijo el anciano del gancho—. Es un mal hombre, un hombre sin licencia, estimado señor. Es el único gondolero que no tiene licencia. Los otros han avisado por teléfono. Ha visto lo que le esperaba. Por eso se ha marchado. —Aschenbach se encogió de hombros—. El señor ha viajado gratis —dijo el anciano, y le tendió el sombrero.

Aschenbach echó unas monedas dentro. Dio instrucciones de que llevasen su equipaje al hotel balneario y siguió al carro por la avenida, la avenida florecida de blanco que, con tabernas, bazares, pensiones a ambos lados, atravesaba la isla hasta la playa.

Entró en el espacioso hotel por detrás, desde la terraza ajardinada, y se dirigió hacia la recepción, a través del gran vestíbulo y los salones adyacentes. Puesto que había anunciado su llegada, lo recibieron con obsequiosa complicidad. Un director, un hombrecito apagado, de cortesía viscosa, con unos bigotes negros y una levita de corte francés, lo acompañó en el ascensor hasta el segundo piso y le mostró su habitación, un cuarto agradable, amueblado con madera de cerezo, que habían adornado con fragantes flores y cuyas altas ventanas ofrecían una vista abierta al mar. Se acercó a una de ellas una vez que el empleado se hubo retirado y, mientras a su espalda le subían el equipaje hasta la habitación, miró fuera hacia la playa de primeras horas de la tarde, casi desierta, y el mar impulsivo cuya pleamar lanzaba olas bajas y alargadas en tranquila sincronía contra la orilla.

Las observaciones y los encuentros del solitario silencioso son a un tiempo más difusas y más penetrantes que las del hombre sociable, sus pensamientos más pesados, más caprichosos y nunca sin un matiz de tristeza. Las imágenes y percepciones que se podrían despachar fácilmente con una mirada, una carcajada, un intercambio de opiniones, lo ocupan sobremanera, ahondan su silencio, adquieren significado, se convierten en acontecimientos, aventuras, emociones. La soledad madura lo original, la belleza osada y sorprendente, la poesía. Pero la soledad madura también lo alterado, lo desproporcionado, lo absurdo y lo prohibido. Así pues, las visiones de su viaje, el espantoso anciano cursi con su desatino de las prendas, el gondolero ilegal que se había quedado sin su sueldo, inquietaban aún el ánimo del viajero. Sin oponer resistencia a la razón, sin en realidad dar materia a la reflexión, eran, no obstante, fundamentalmente singulares en su naturaleza, le parecía, e inquietantes precisamente por esa contradicción. Entre medias, saludó al mar con los ojos y sintió alegría de saber Venecia tan al alcance de la mano. Se volvió por fin, se lavó la cara, dio ciertas órdenes a la doncella para que su comodidad fuese completa y se dejó llevar a la planta baja por el botones vestido de verde que manejaba el ascensor.

Tomó su té en la terraza con vistas al mar, bajó luego y siguió el malecón un buen trecho en dirección al hotel Excelsior. Cuando volvía, era ya casi la hora de cambiarse para la cena. Lo hizo despacio y a su manera minuciosa, pues estaba acostumbrado a arreglarse con esmero, y llegó a pesar de todo un poco temprano al vestíbulo, donde encontró a una gran parte de los huéspedes del hotel, extraños unos a otros y con apatía fingida hacia los demás, pero reunidos en la espera común de la comida. Tomó un periódico de la mesa, se sentó en un sillón de piel y observó a la compañía que se diferenciaba de la del lugar en el que se había alojado hasta entonces de una forma que le resultó agradable.

Se abría ante él un horizonte amplio, mucho más indulgente y tolerante. Amortiguados, se mezclaban entre sí los sonidos de las grandes lenguas. El traje de etiqueta internacional, uniforme de la civilización, recogía en una unidad decorosa a la vista la variedad de lo humano. Se veía la cara larga y adusta del americano, la familia numerosa rusa, las damas inglesas, los niños alemanes con sus niñeras francesas. El componente eslavo parecía predominar. Justo a su lado hablaban polaco.

Era un grupo de casi y medio adultos, al cuidado de una institutriz o dama de compañía, reunidos en torno a una mesita de mimbre: tres muchachas, de entre quince y diecisiete años, se diría, y un muchacho de pelo largo de tal vez catorce. Aschenbach notó con asombro que el muchacho era de una belleza perfecta. Su semblante, pálido y encantadoramente reservado, rodeado de rizos del color de la miel, con la nariz recta, la boca armoniosa, la expresión de una seriedad benévola y divina, recordaba a las esculturas de la Antigüedad griega, y de pura perfección de la forma era de un atractivo tan único y personal que el observador no habría creído poder encontrar ni en la naturaleza ni en las bellas artes nada tan logrado. Lo que le saltó a la vista, además, fue el contraste fundamental entre los principios educativos según los que iban vestidos y parecían comportarse, en general, los hermanos. La ropa de las tres chicas, de las que la mayor podría pasar por adulta, era austera y púdica hasta la fealdad. Un vestido casi monacal, color pizarra, más bien largo, soso y de corte intencionadamente poco elegante, con vueltas blancas en el escote como único adorno, subyugaba e inhibía todo favor a la forma. El pelo bien peinado y sujeto, pegado a la cabeza, dejaba los rostros desnudos como el de las monjas y los hacía parecer triviales. Seguro que era una madre la que allí gobernaba, y no se le pasaba siquiera por la cabeza emplear el rigor pedagógico que creía conveniente para sus hijas también con el muchacho. Era evidente que la ternura y la flexibilidad marcaban la existencia de este. Se habían guardado de acercar unas tijeras a su hermosa melena; que, como al Spinario capitolino, se le ensortijaba en la frente, sobre las orejas y, más abajo, en la nuca. El traje de marinero inglés, cuyas holgadas mangas se estrechaban hacia abajo y apenas cubrían las muñecas finas de sus manos aún infantiles, aunque ya delgadas y largas, confería a la tierna forma, con sus galones, corbatín y bordados, algo de rico y exquisito. Estaba sentado, de medio perfil hacia Aschenbach, un pie calzado con un zapato de charol negro delante del otro, un codo apoyado en el brazo de su butaca de mimbre, la mejilla descansando en la mano cerrada, en una postura de perezoso recato y sin nada de la casi sumisa rigidez a la que parecían acostumbradas sus hermanas. ¿Sufría? Pues la palidez marfileña de su cutis hería contra la dorada oscuridad de los rizos que lo rodeaban. ¿O era sencillamente el típico niño mimado consecuencia de un amor parcial y caprichoso? Aschenbach se inclinaba a creer esto último. Casi todo talento artístico nace de cierta inclinación exuberante y traicionera para reconocer las injusticias que provoca la belleza y tratar con veneración y complicidad el favoritismo aristocrático.

Un camarero andaba de un lado a otro anunciando en inglés que la cena estaba lista. Poco a poco, el grupo se fue disolviendo a través de la puerta acristalada hacia el comedor. Los rezagados pasaban desde la entrada, desde los ascensores. Habían empezado a servir dentro, pero los jóvenes polacos seguían aún en torno a su mesita de mimbre, y Aschenbach, plácidamente instalado en su profunda butaca y, dicho sea de paso, con la belleza ante los ojos, esperaba con ellos.

La institutriz, una damisela bajita y robusta, de rostro colorado, hizo por fin la señal de levantarse. Con las cejas alzadas, empujó su silla hacia atrás y se inclinó cuando una mujer alta, vestida de gris y blanco y ricamente adornada de perlas, entró en el vestíbulo. El porte de esta mujer era frío y comedido, el arreglo de su pelo ligeramente empolvado y la hechura de su vestido, de esa sencillez que se describe como buen gusto en todos los lugares en los que la devoción se considera un componente de la distinción. Podría haber sido la esposa de un alto funcionario alemán. Lo único fantásticamente lujoso en su aspecto eran sus joyas, de hecho, de valor incalculable, que consistían en unos zarcillos, así como un largo collar de tres vueltas de perlas grandes como cerezas y de un suave brillo.

Los hermanos se habían levantado enseguida. Se inclinaron para besar la mano de su madre, que miró con una sonrisa sobria en su rostro bien cuidado, aunque algo cansado y de nariz respingona, por encima de sus cabezas, y dijo algunas palabras en francés a la institutriz. Luego, se dirigió hacia la puerta de cristales. Los hermanos la siguieron: las muchachas por orden de edad tras su institutriz, el muchacho al final. Por alguna razón, él se volvió antes de cruzar el umbral y, puesto que no había nadie más en el salón, sus peculiares ojos gris crepuscular se encontraron con los de Aschenbach, quien, con su periódico en el regazo, absorto en su contemplación, seguía al grupo con la mirada.

Lo que el escritor había visto no era, por cierto, digno de mayor atención. No habían ido a la mesa antes que la madre, la habían esperado, la habían saludado respetuosamente y, al entrar ella en la sala, se habían atenido a las formas convencionales. Solo que todo se había producido de una manera tan explícita, con tal tono de educación, obligación y consideración de sí mismos, que Aschenbach se sintió extrañamente conmovido. Se demoró aún unos momentos y luego se dirigió también él al comedor y esperó a que le asignaran una mesa que, como comprobó con breve pesar, estaba muy lejos de la ocupada por la familia polaca.

Cansado y, a pesar de ello, agitado mentalmente, se entretuvo durante la larga comida con cosas abstractas, incluso trascendentes, meditó sobre la secreta relación que debía unir lo canónico y lo individual para que surja la belleza humana, de eso derivó en problemas generales de la forma y el arte, y encontró al final que sus pensamientos y hallazgos tenían cierta semejanza con sugestiones aparentemente felices del sueño, que se manifestaban a los sentidos desengañados como totalmente banales e inútiles. Se quedó tras la cena fumando, sentado, caminando en el aire vespertino del parque, se fue temprano a dormir y pasó la noche en un sueño continuado y profundo, pero preñado de expresivas visiones.

El tiempo al día siguiente no era bueno. Había viento de tierra. Bajo un desteñido cielo cubierto, el mar yacía en una calma apática, como si estuviese encogido y con el horizonte prosaicamente cerca, y tan lejos de la playa que dejaba al aire varias hileras de largos bancos de arena. Cuando Aschenbach abrió su ventana, le pareció notar el hedor de la laguna.

Lo afectó cierta asintonía. Ya en ese momento pensó en irse. Una vez también aquí, hacía años, tras varias semanas claras de primavera, lo había agobiado tanto este tiempo que le había arruinado la salud y había tenido que dejar Venecia como quien huye. ¿No se le había colocado de nuevo aquella febril desgana de entonces, la presión en las sienes, la pesadez en los párpados? Buscar de nuevo otro destino sería pesado; pero, si el viento no cambiaba, también lo sería quedarse allí. Por seguridad, no deshizo del todo su equipaje. Y, a las nueve, estaba desayunando en el saloncito del bufé reservado para ello entre el vestíbulo y el comedor.

En la sala reinaba la calma solemne que corresponde a la ambición del gran hotel. Los camareros que servían se deslizaban en silencio. El soniquete de los cacharros del té, una palabra a media voz, era todo lo que se oía. En un rincón, en diagonal desde la puerta y sentadas dos mesas más allá de la suya, Aschenbach vio a las muchachas polacas con su institutriz. Muy derechas, el pelo rubio ceniza bien tirante de nuevo y con los ojos enrojecidos, llevaban unos vestidos de lino color añil muy formales, con un cuellito y puños blancos, y se pasaban una a otra un tarro de compota. Casi habían terminado el desayuno. El muchacho no estaba.

Aschenbach sonrió. ¡Ah, pequeño feacio!, —pensó—. Parece que tú disfrutas, al contrario que ellas, del privilegio de dormir cuanto te plazca. Y, repentinamente animado, recitó para sí mismo el verso:

«Siempre nos placen las vestiduras limpias, los baños calientes y la cama»[1].

Desayunó sin prisa, recibió de manos del conserje, que entró en la sala con la gorra engalanada en la mano, algo de correo redirigido y abrió, mientras fumaba un cigarrillo, un par de cartas. Y así fue como aún presenció la llegada del dormilón al que esperaban en la otra mesa.

Entró por la puerta acristalada y cruzó la calma del saloncito en diagonal hasta la mesa de sus hermanas. Su marcha era, tanto en la actitud del torso como en el movimiento de las rodillas, el apoyo de los pies calzados de blanco, de un garbo extraordinario, muy ligera, y a la vez suave y orgullosa y más hermosa aún por el pudor infantil,

---

[1] De *La Odisea*, Canto VIII: presentación de Ulises a los feacios, en la traducción llevada a cabo por Luis Segalá y Estalella en 1908. Según la versión, más actual, de Carlos García Gual (Madrid: Alianza Editorial, 2004), este fragmento dice: «y siempre nos encantan el amistoso banquete, la cítara, las danzas, los vestidos variados, los baños calientes y las camas». (*N. de la T.*)

que le hizo dos veces al caminar, cuando se volvió alguna cabeza en el saloncito, abrir los ojos mucho y mirar, luego, al suelo. Sonriendo, con una palabra a media voz en su dulce idioma impreciso, se sentó y, con ello, al volver a Aschenbach, que seguía mirándolo, su preciso perfil, lo maravilló una vez más, lo atemorizó incluso con la belleza verdaderamente divina del ser humano. El muchacho llevaba hoy un ligero conjunto de lino a rayas azules y blancas, con un corbatín de seda roja sobre el pecho, y cerrado con un sencillo cuello alto blanco. En este cuello, sin embargo, cuya singular elegancia no parecía casar con el carácter del traje, reposaba como una flor la cabeza de incomparable gracia: la cabeza de Eros, como de ambarino mármol de Paros, con unas cejas finas y solemnes, sienes y orejas cubiertos de abundantes y suaves rizos que caían en vertical.

¡Bien, bien!, —pensó Aschenbach con esa aprobación profesional indiferente con la que el artista reviste su entusiasmo, su arrebato, ante una obra maestra. Y aún pensó—: Lo cierto es que, si no me esperasen el mar y la playa, me quedaría aquí mientras te quedases tú. Así que se fue, se fue entre las atenciones del personal, cruzando el vestíbulo para salir a la gran terraza y, en línea recta, a la pasarela de tablones hacia la playa cerrada para los huéspedes del hotel. Pidió al anciano descalzo que, con pantalones de lienzo, blusón de marinero y sombrero de paja, hacía las veces de bañero, que le señalase la caseta que había alquilado, que sacase mesa y sillón y los colocase sobre el entarimado arenoso, y se acomodó en la tumbona, que había acercado más al mar sobre la arena amarilla como la cera.

La vista de la playa, ese espectáculo de la cultura despreocupada y hedonista a la orilla del líquido elemento, lo entretuvo y alegró como nunca. El gris mar plano pululaba ya de niños que chapoteaban, nadadores, formas coloridas con los brazos recogidos bajo la cabeza y tumbadas sobre los bancos de arena. Otros remaban en pequeñas canoas pintadas de rojo y azul, y disfrutaban entre risas. Ante la larga hilera de casetas, sobre cuyos entarimados se sentaba uno como en una pequeña veranda, había movimiento de juegos y perezosa calma tendida, visitas y charlas, esmerada elegancia mañanera junto a la desnudez que disfrutaba con lánguido arrojo la libertad del lugar. Delante, sobre la arena húmeda y compacta, paseaban quién con albornoz blanco, quién con amplia túnica de vivos colores. Un castillo de arena variado a la derecha, obra de unos niños, estaba rodeado de banderitas con los colores de todos los países. Vendedores de mejillones, pasteles y frutas, extendían arrodillados sus mercancías. A la izquierda, ante una de las casetas que se erigían perpendiculares a las demás, que miraban al mar, formando en ese lado un cierre de la playa, acampaba una familia rusa: hombres con barbas y grandes dientes, mujeres blandas y abúlicas, una señorita báltica que, sentada ante un caballete, pintaba el mar entre declaraciones de desesperación, dos niños feos y bonachones, una criada vieja con un pañuelo a la cabeza y maneras suaves y sumisas de esclava. Disfrutaban agradecidos de la vida, llamaban infatigablemente por su nombre a los niños que brincaban desobedientes, bromeaban un rato largo, intercalando unas pocas palabras italianas, con el anciano lleno de humor al que compraban confites, se besaban en las mejillas y no se preocupaban de nadie que observase el grupo humano que formaban.

Pues quiero quedarme aquí, pensó Aschenbach. ¿Dónde iba a estar mejor? Y, con las manos en el regazo, dejó que sus ojos se perdieran en la amplitud del mar, la mirada se le extravió, se le nubló, se le rompió en una monótona sed de espacio.

Adoraba el mar por amplios motivos: por el ansia de tranquilidad del artista que tanto trabajaba, que ante la exigente multitud de las formas que se le presentaban, codiciaba albergar en su pecho lo sencillo, lo inmenso; por una tendencia prohibida, contrapuesta a su tarea y por eso tentadora, a lo desordenado, lo desmesurado, lo eterno, a la nada. Reposar en la perfección es el anhelo de quien se esfuerza por la excelencia; ¿y no es la nada una forma de perfección? Mientras estaba así arrobado en el vacío, se recortó de pronto contra la horizontal de la orilla una figura humana y, al recoger su mirada de lo ilimitado, allí estaba el adonis, que venía hacia él por la arena desde la izquierda. Iba descalzo, dispuesto a entrar en el agua, las delgadas piernas descubiertas hasta por encima de la rodilla, despacio, pero con ligereza y orgullo como si estuviese del todo acostumbrado a caminar sin calzado, y miró hacia las casetas perpendiculares. Apenas hubo reparado en la familia rusa que hacía de las suyas en agradecida armonía, un temporal de furioso desprecio le cruzó el rostro. Se le oscureció la frente, torció la boca, distendió los labios un tirón enconado hacia un lado, que desgarró la mejilla, y su ceño estaba tan fruncido que bajo la presión de las cejas los ojos parecían hundidos, y surgió de ellos el lenguaje malvado y oscuro del odio. Miró al suelo, volvió a mirar una vez amenazante, hizo luego con los hombros un violento movimiento de rechazo y dio la espalda a lo hostil.

Una especie de delicadeza o alarma, algo como consideración y vergüenza, hizo que Aschenbach se volviese como si no hubiese visto nada; pues al observador casual serio de la pasión le repugna hacer uso de su percepción aun cuando sea para sí mismo. Estaba, sin embargo, sereno y exaltado a la vez, es decir: dichoso. Aquel fanatismo infantil, dirigido contra lo más bondadoso de la vida... bajaba al trivial y divino muchacho a las relaciones humanas, hacía que una escultura valiosa de la naturaleza, que solo había servido para el deleite de los ojos, revelase una complicidad más profunda; y confirió a la forma del jovencito, así y todo significativa por su belleza, un azogue que permitía tomarlo en serio en cuanto a su edad.

Aún vuelto, Aschenbach escuchó la voz del muchacho, su voz clara, un poco débil, con la que ya desde lejos saludó a los que jugaban haciendo el castillo de arena. Le contestaron gritándole varias veces su nombre o un diminutivo de su nombre, y Aschenbach oyó con cierta curiosidad, sin comprenderlo del todo, como dos sílabas melódicas del estilo de «Adgio», o más bien «Adgiu», con una u alargada al final. Le alegró el sonido, lo encontró en su armonía acorde al objeto, lo repitió para sí en silencio y se dedicó contento a sus cartas y papeles.

Con su pequeño cartapacio de viaje sobre las rodillas, comenzó a despachar correspondencia con la pluma estilográfica. Pero tras un cuarto de hora ya empezó a encontrar penosa la situación, abandonar espiritualmente lo más ameno que conocía y descuidarlo por una actividad inane. Tiró a un lado el recado de escribir, se volvió de nuevo al mar; y no pasó mucho tiempo hasta que, atraído por las voces de los jovencitos que construían en la arena, giró la cabeza que acomodó en el respaldo de la silla vuelta hacia la derecha, para seguir con atención el paradero y los movimientos del exquisito Adgio.

Lo encontró al primer vistazo; el corbatín rojo sobre su pecho no pasaba desapercibido. Entretenido en colocar, junto con otros, un viejo tablón a modo de puente sobre el foso húmedo del castillo de arena, daba a gritos y con indicaciones de la cabeza sus instrucciones para la tarea. Había con él unos diez compañeros de ambos sexos, de su edad y alguno más joven, que charlaban entre sí en varios idiomas: polaco, francés y también idiomas balcánicos. Pero su nombre era el que más sonaba. Era obvio que lo pretendían, lo cortejaban, lo admiraban. Uno en concreto, un polaco como él, un muchacho fornido al que llamaban algo parecido a «Jashu», con el pelo negro peinado con pomada y un cinto de lino, parecía ser su secuaz y amigo más cercano. Se alejaron por la playa los dos, pues por esta vez había terminado ya el trabajo en la arena, abrazados por los hombros, y ese al que llamaban «Jashu» besó al adonis.

Aschenbach se vio tentado de amenazarlo con un dedo. «Y a ti, Critóbulo, te aconsejo que te vayas al extranjero por un año, porque tal vez a duras penas durante ese tiempo puedas curarte»[2], pensó sonriendo. Y luego comió grandes fresas maduras que compró a un vendedor. Había comenzado a hacer mucho calor, aunque el sol no había conseguido atravesar la vaharada del cielo. El ánimo era presa de la pereza, pues los sentidos disfrutaban la diversión inmensa y anestesiante

[2] De Jenofonte, *Recuerdos de Sócrates*, trad. de Juan Zaragoza para la editorial Gredos (1993). (*N. de la T.*)

de la calma marina. Adivinar, averiguar qué nombre era el que sonaba aproximadamente «Adgio» le parecía una tarea, una ocupación razonable y asequible, al hombre sobrio que era Aschenbach. Y, con ayuda de algunos recuerdos polacos, determinó que debía de tratarse de «Tadzio», la abreviatura de «Tadeusz» y que sonaría «Tadziu» al gritarlo.

Tadzio se estaba bañando. Aschenbach, que lo había perdido de vista, descubrió su cabeza, su brazo, con el que remaba para adentrarse en el mar; pues el mar debía de cubrir poco hasta muy lejos. Pero ya parecían preocuparse por él, ya lo llamaban voces de mujer desde las casetas, exhalaban una y otra vez el nombre que reinó sobre la playa casi como una consigna y, con sus consonantes débiles, su u estirada al final, tenía algo de dulce y a la vez silvestre: «¡Tadziu! ¡Tadziu!». Este se volvió, corrió levantando espuma en el agua reticente que golpeaba con las piernas, la cabeza erguida contra la marea; y ver cómo la figura viva, amable y austera del hombrecito, con los rizos empapados y hermoso como un dios delicado, surgía y salía corriendo del líquido elemento desde la profundidad del cielo y el mar: ese momento inspiró ideas míticas, era como el saber poético de los tiempos primitivos, del origen de la forma y el nacimiento de los dioses. Aschenbach escuchó con los ojos cerrados ese canto entonado en su interior y, de vez en cuando, pensó que se estaba bien aquí y que quería quedarse.

Más tarde, Tadzio descansaba del baño tumbado en la arena, envuelto en su toalla blanca, que tenía cruzada bajo el hombro derecho, con la cabeza recostada sobre el brazo desnudo; y, aun cuando Aschenbach no lo miraba, sino que leía algunas páginas de su libro, casi en ningún momento olvidaba que estaba allí tumbado y que un leve giro de la cabeza hacia la derecha le bastaba para contemplar la maravilla. Casi le parecía como si estuviese sentado allí para proteger al que descansaba: ocupado en sus propios asuntos y, sin embargo, vigilando con más perseverancia la noble imagen humana que tenía a la derecha, no lejos de él. Y una benevolencia paternal, una tendencia enternecedora de quien ofrece su alma a la belleza hacia quien la posee, inundó y conmovió su corazón.

Después del mediodía, abandonó la playa, volvió al hotel y subió en ascensor a su habitación. Una vez dentro, se quedó un largo rato ante el espejo y observó su pelo canoso, su cara angulosa y cansada. En ese momento pensó en su fama y en que muchos lo reconocían por la calle y lo observaban reverentes por mor de sus pertinentes palabras coronadas de atractivo; pasó lista a todos los éxitos externos de su talento que se le ocurrieron, contando incluso su título nobiliario. Se dirigió entonces al almuerzo en el comedor y comió en su mesita. Cuando, al terminar la comida, volvió a subir en el ascensor, unos jóvenes que venían también del almuerzo lo empujaron más hacia dentro de la cabinita oscilante, y entró también Tadzio. Estaba muy cerca de Aschenbach, por primera vez tan cerca que este no lo tenía a distancia de retrato, sino justo donde podía percibir y reconocer sus cualidades humanas. Alguien habló con el muchacho y, mientras contestaba con una sonrisa indescriptiblemente encantadora, este volvió a salir, en el primer piso, de espaldas, con la cabeza gacha. La belleza provoca pudor, pensó Aschenbach, y reflexionó con ahínco en por qué. Había, sin embargo, notado que los dientes de Tadzio no estaban del todo rectos: eran algo dentellados y pálidos, sin el esmalte de la salud y de una transparencia peculiarmente frágil, como pasa a veces a los cloróticos. Es muy delicado, es enfermizo; seguramente no viva mucho, pensó Aschenbach. Y se abstuvo de echar cuenta del sentimiento de satisfacción o tranquilidad que acompañó a ese pensamiento.

Pasó dos horas en su habitación y cruzó por la tarde con el *vaporetto* la maloliente laguna hacia Venecia. Desembarcó en San Marcos, tomó el té en la plaza y dio, luego, un paseo por las calles, según el programa que se había propuesto para su estancia. Fue, no obstante, ese paseo el que provocó un cambio completo en su humor, en su determinación.

Un bochorno inmundo señoreaba en las calles; el aire era tan denso que los olores que emanaban de las casas, de las tiendas, de las cocinas, el olor a aceite, las nubes de perfume y muchos otros vapores, no acababan de dispersarse. El humo de los cigarrillos persistía un rato y se disolvía solo a duras penas. El flujo de personas que atestaba los callejones incordiaba al paseante en vez de entretenerlo. Cuanto más caminaba, más fastidiosamente se apoderaba de él la náusea que puede producir el aire de mar en combinación con el siroco, y que es a la vez irritación y abatimiento. Rompió a sudar de manera penosa. Los ojos rehusaron cumplir su deber, le oprimía el pecho, sentía fiebre, la sangre le latía en las sienes. Huyó de las calles comerciales abarrotadas, cruzando puentes hacia las callejuelas de los pobres. Allí lo importunaron pedigüeños, y las nocivas exhalaciones de los canales le quitaron las ganas de respirar. En una plaza tranquila, uno de esos lugares olvidados y de atractivo extraño que se encuentran en el interior de Venecia, aferrado al borde de un pozo, se secó la frente y comprendió que debía irse.

Por segunda vez, y esta definitiva, quedaba demostrado que aquella ciudad con ese tiempo le era muy perjudicial. Porfiar en quedarse parecía ilógico; la perspectiva de que cambiase el viento, del todo incierta. Era preciso decidirse rápido. Regresar ya mismo quedaba descartado. Ni la casa de verano ni la de invierno estaban listas para acogerlo. Pero no solo aquí había mar y playa, y en otro lugar se encontraban sin el mal complemento de la laguna y sus vapores febriles. Recordó un pequeño lugar de baño no lejos de Trieste, que le habían mencionado como muy meritorio. ¿Por qué no ir allí? Y, es más, sin dilación alguna para que el cambio de alojamiento reiterado mereciese aún la pena. Se dio por decidido y se levantó. En el siguiente embarcadero de góndolas, tomó una que lo llevase a San Marcos a través del denso laberinto de canales, bajo delicados balcones de mármol flanqueados por leones de piedra, doblando esquinas escurridizas, por delante de tristes edificios, los grandes rótulos de las empresas reflejados en retazos de agua oscilante. Le costó llegar, pues el gondolero, en compadrazgo con las fábricas de encaje y los sopladores de vidrio, intentaba dejarlo en todas partes para que viese y comprase, y cuando el extraño viaje por Venecia comenzaba a ejercer su encanto, el espíritu mercantil charlatán de la dama hundida hizo lo suyo por desembriagar amargamente de nuevo los sentidos.

De vuelta en el hotel, comunicó en la recepción, antes de la cena, que un imprevisto lo obligaba a marchase temprano a la mañana siguiente. Lo lamentaron, saldaron su cuenta. Comió y pasó la templada noche leyendo los periódicos en una mecedora de la terraza trasera. Antes de acostarse, terminó de hacer el equipaje en preparación de su partida.

No durmió bien esa noche, pues la salida que tenía ante sí lo intranquilizaba. Cuando, a la mañana siguiente, abrió la ventana, el cielo seguía cubierto, pero el aire parecía más fresco y... comenzó a arrepentirse. ¿No se habría equivocado al precipitarse? ¿No había sido su actitud enfermiza y sin motivo? Si hubiese aguantado un poco, si se hubiese dado algo más de tiempo para acostumbrarse al aire veneciano, sin desalentarse tan rápido, o esperado una mejora del clima, tendría ahora ante sí, en vez de apremio e incomodidad, una mañana en la playa como la del día anterior. Demasiado tarde. Ahora tendría que seguir queriendo lo que había querido el día antes. Se vistió y bajó a las ocho a desayunar en la planta baja.

El saloncito del bufé, cuando entró, estaba aún vacío de huéspedes. Unos pocos llegaron mientras él esperaba a que le trajesen lo que había pedido. Con la taza de té en los labios vio a las muchachas polacas presentarse acompañadas de su cuidadora; austeras y frescas tras el sueño, se dirigieron a su mesa en el rincón de la ventana. Justo después, se acercó a él el conserje, con la gorra entre las manos, y le advirtió de la salida. El automóvil estaba listo para llevarlos a él y a otro viajero al hotel Excelsior, desde donde la lancha motora llevaría a los señores por el canal privado del negocio hasta la estación de ferrocarril. El tiempo apremiaba. Aschenbach no opinaba lo mismo. Quedaba más de una hora hasta la salida de su tren. Le enfadaba la costumbre de los hoteles de echar a los huéspedes antes de tiempo y le dijo al conserje que deseaba desayunar en paz. El hombre se retiró vacilante, para volver cinco minutos más tarde. Imposible que el coche esperase más tiempo. Entonces, que se fuese con sus maletas, respondió Aschenbach irritado. Él usaría en el momento indicado el vapor público y, por favor, que dejase en sus manos la preocupación por su partida. El empleado hizo una reverencia. Aschenbach, contento de haber ahuyentado los pesados requerimientos, terminó su refrigerio sin prisa y, es más, incluso hizo que el camarero le alcanzase el periódico. El tiempo era ya escaso cuando por fin se levantó. La suerte quiso que, justo en ese momento, entrase Tadzio por la puerta de cristales.

Se cruzó, de camino a la mesa de su familia, con Aschenbach, que estaba a punto de salir, bajó modesto los ojos ante el hombre canoso, ancho de frente, para levantarlos luego del todo, a su encantadora manera suave, y había pasado. ¡Adiós, Tadzio! —pensó Aschenbach—. Te vi poco tiempo. Y, puesto que, contra su costumbre, conformó con los labios realmente el pensamiento y lo dijo, añadió: «Bendito seas». Se dispuso a partir, distribuyó propinas, lo despidió el apagado director de levita francesa y abandonó el hotel a pie, como había llegado, para, seguido por el criado que llevaba su equipaje de mano, cruzar la isla por la avenida florecida de blanco hacia el embarcadero del *vaporetto*. Llegó a tiempo, tomó asiento... y lo que siguió fue un viaje de suplicio, lleno de aflicción, por las profundidades del arrepentimiento.

Era el trayecto ya conocido por la laguna, pasando por delante de San Marcos, subiendo el Gran Canal. Aschenbach se sentó en el banco redondo de proa, con el brazo apoyado en la barandilla, dándose sombra en los ojos con la mano. Dejaron atrás los Jardines Reales, de nuevo se abrió la *piazzetta* con encanto principesco y la pasaron, llegó la gran serie de palacetes y, cuando el canal giró, apareció el magnífico arco de mármol del Rialto. El viajero miraba con el corazón hecho pedazos. El ambiente de la ciudad, ese ligero hedor de mar y pantano que lo había empujado a huir con tanta prisa... lo respiró ahora profundamente, en tiernas bocanadas dolorosas. ¿Era posible que no hubiese sabido, que no hubiese considerado, cuánto se había aficionado a todo aquello? Lo que por la mañana había sido pesar a medias, una ligera duda sobre lo correcto de su proceder, se convirtió ahora en desconsuelo, verdadero dolor, angustia, tan amarga que se le inundaron varias veces los ojos de lágrimas, y de la que se dijo que era imposible haberla previsto. Lo que se le hacía tan difícilmente soportable, incluso a veces intolerable del todo, era evidentemente el pensamiento de que no volvería a ver Venecia nunca, de que esta despedida era para siempre. Pues, como se le había demostrado por segunda vez, esta ciudad lo enfermaba, se había visto obligado por segunda vez a dejarla con atropello, conque tendría que considerarla en el futuro un lugar imposible y prohibido, a cuya altura no estaba y que había sido inútil volver a visitar. Sí, sintió que, si se iba ahora, la vergüenza y el despecho le impedirían volver a ver la amada ciudad que su cuerpo había rechazado dos veces; y este conflicto entre la inclinación espiritual y la capacidad física le pareció enseguida al caduco Aschenbach tan difícil e importante, la derrota física que se mantendría a cualquier precio tan ignominiosa, que no se hizo cargo de la imprudente resignación que el día anterior había decidido, sin oponer verdadera resistencia, aceptar y sufrir.

74

En esto, se acerca el vapor a la estación, y el dolor y el desconcierto aumentan hasta el estupor. Afligido, Aschenbach encuentra la partida imposible, el regreso no menos. Así que, completamente desgarrado, entra en la terminal. Es muy tarde, no tiene ni un momento que perder si quiere llegar al tren. Quiere y no quiere. Pero el tiempo apremia, lo fustiga a avanzar; se apresura a comprar su billete y mira en torno al tumulto del vestíbulo en busca del empleado del hotel aquí estacionado. El hombre se presenta y le comunica que el baúl está expedido. ¿Ya expedido? Sí, todo en orden... a Como. ¿A Como? Y en el brusco ir y venir, en el airado intercambio de preguntas y trilladas respuestas, sale a la luz que se ha enviado el baúl, ya en el despacho de expedición de equipajes del hotel Excelsior, junto con otros equipajes ajenos, a una dirección totalmente equivocada.

A Aschenbach le costó mantener el único gesto que resultaba lógico dadas las circunstancias. Un buen humor descabellado, una alegría increíble le agitaba el pecho por dentro de manera casi espasmódica. El empleado salió disparado para ver si podía retener aún el baúl y volvió, como era de esperar, sin haberlo logrado. Aschenbach acla-

ró, entonces, que no deseaba viajar sin su equipaje, y que estaba decidido a volver y esperar el baúl
en el balneario. ¿Seguía disponible la lancha de la
compañía en la estación? El hombre afirmó que
estaba ante la puerta. Instó con su italiana verbo-
rrea al taquillero para que admitiese la devolución
del billete perdido, juró que telegrafiaría que no
debía ahorrarse ni desatenderse nada para recu-
perar el baúl lo más pronto posible, y así sucedió
lo excepcional: que el viajero, veinte minutos tras
llegar a la estación, se vio de nuevo en el Gran Canal, de vuelta al Lido.

Aventura caprichosamente increíble, vergon-
zosa, ensoñadoramente cómica la de volver a ver,
al cabo de una hora, lugares de los que uno se ha
despedido para siempre con profunda melanco-
lía, que ha considerado rechazados por el destino
y perdidos. Haciendo espuma con la proa, bor-
deando con ligereza entre góndolas y vapores, el
pequeño vehículo rápido se lanzaba hacia su destino, con su único pasajero ocultando bajo la máscara de la resignación airada la excitación travie-
sa y recelosa de un muchacho huido. Aun así, de
vez en cuando, su pecho se veía agitado por la risa
que le provocaba este percance que, como se ha
dicho, no podía haber complacido más al afortu-

nado. Tendría que dar explicaciones, aguantar caras asombradas... Luego, se dijo, todo se arreglaría, pues se había evitado una desgracia, se había aclarado un grave error y todo lo que creía haber dejado a sus espaldas se abrió de nuevo ante él, era de nuevo posible... ¿Lo confundía la apresurada vuelta o era, no obstante, verdad que venía del mar viento de sobra?

Las olas golpeaban contra los muros de hormigón del estrecho canal que atraviesa la isla hacia el hotel Excelsior. Un ómnibus a motor esperaba allí su regreso y lo llevó por encima del rizado mar, en línea recta hacia el balneario. El menudo director de bigotes, con la levita acampanada, salió a recibirlo a la escalinata.

Con apagado tono adulador lamentó el incidente, lo calificó de extremamente vergonzoso para él y la institución, aprobó, no obstante, con convicción, la decisión de Aschenbach de esperar allí su equipaje. Habiendo adjudicado su cuarto al quedarse libre, puso de inmediato a su disposición otro, no peor. «Pas de chance, monsieur», dijo el botones sonriendo cuando entró en el ascensor. Y, así, el fugitivo fue realojado en una habitación, cuya situación y mobiliario eran prácticamente iguales a los de la anterior.

Cansado, anestesiado por el torbellino de la extraña mañana, se dejó caer en una butaca junto a la ventana abierta, tras haber repartido el contenido de su bolso de viaje por la habitación. El mar se había tornado turquesa, el aire parecía más sutil y limpio, la playa con sus casetas y barcos, más colorida, aunque el cielo seguía siendo gris. Aschenbach miró por la ventana, las manos en el regazo, satisfecho por estar de nuevo allí, meneando la cabeza descontento por su veleidad, su desconocimiento de los propios deseos. Así estuvo sentado una hora larga, tranquilizándose y con el pensamiento distraído. A mediodía divisó a Tadzio, que, con su traje de lino de rayas con corbatín rojo, volvía desde el mar, por la playa privada y la pasarela de tablones, hacia el hotel. Aschenbach lo reconoció desde lo alto enseguida, antes incluso de haberlo visto de verdad, y quiso pensar algo como: Mira, Tadzio, ¡ahí estás de nuevo! Pero, en el mismo momento, sintió que el indolente saludo se hundía y acallaba ante la verdad de su corazón; sintió el entusiasmo de su sangre, la alegría, el dolor de su alma, y reconoció que la despedida le había sido tan difícil debido a Tadzio.

Se quedó sentado muy quieto, oculto a la vista en su plaza de las alturas, y miró en su interior.

Sus rasgos despiertos, levantó las cejas, una sonrisa atenta, curiosa, se expandió en sus labios. Luego, levantó la cabeza y describió con los brazos, flojos sobre los de la butaca, un movimiento lento en círculo hacia arriba, con las palmas hacia delante, como si los abriese y desplegase. Era un ademán que evocaba una solícita bienvenida, una acogida resignada.

4

Ahora, el dios de las mejillas encendidas guiaba desnudo, día tras día, su reluciente tiro de cuatro caballos por el firmamento, y sus rizos dorados revoloteaban en el igualmente fogoso viento del este. Un fulgor blanquecino de seda reposaba sobre la anchura del indolente Ponto. La arena resplandecía. Bajo el azul centelleante de plata del éter se habían tendido toldos color teja ante las casetas de la playa y, sobre la nítida mancha de sombra que ofrecían, se pasaban las horas de la mañana. Pero también era deliciosa la noche, cuando las plantas del parque despedían un aroma balsámico, las estrellas en lo alto seguían su danza y el murmullo del mar creciente envuelto en las tinieblas disertaba con el alma. Una noche de esas traía consigo la placentera garantía de un nuevo día de sol, lleno de un ocio ligeramente ordenado y adornado de numerosas posibilidades reunidas por el más agradable azar.

El huésped, retenido aquí por un acomodaticio infortunio, estaba muy lejos de ver en la recuperación de sus posesiones una nueva razón para su partida. Durante dos días había soportado ciertas carencias y, a la hora de comer, había tenido que aparecer en el gran comedor con su traje de viaje. Luego, cuando al fin tuvo el equipaje extraviado de vuelta en su habitación, lo deshizo con esmero y llenó el armario y los cajones con sus cosas, decidido a quedarse por un tiempo indefinido, a pasar de buen humor las horas de playa vestido de seda y poder volver a mostrarse a su mesa para cenar en elegante traje de etiqueta.

El delicioso transcurrir de esta existencia ya lo había cautivado, la blanda y centelleante templanza de esta forma de vida lo había seducido rápidamente. ¡Qué estancia, de hecho, la que vincula los encantos de la buena vida de bañista en las playas del sur con la íntima cercanía de aquella ciudad particularmente exquisita! Aschenbach no era hedonista. Cuando fuese y donde hubiese que celebrar, ocuparse en el reposo, pasarlo bien, lo reclamaba pronto de vuelta, con cierta intranquilidad y aversión, a las más altas fatigas —y ya le pasaba así en su juventud— el deber sagrado y prosaico de lo cotidiano. Pero este lugar lo hechizaba, distraía su voluntad, lo hacía feliz. A veces, por la mañana, bajo la lona que daba sombra ante su caseta, soñando despierto en contemplación del azul mar meridional, o también en las noches templadas, recostado en los almohadones de la góndola que lo llevaba de la plaza de San Marcos, donde pasaba muchas horas, de vuelta al Lido, bajo el gran cielo estrellado —y las luces de colores, los sones cadenciosos de la serenata que quedaban atrás—, recordaba su casa en las montañas, la morada de sus agonías estivales, donde las nubes atravesaban bajas el jardín, formidables tormentas dejaban al atardecer sin luz la casa y los cuervos que alimentaba se mecían en las copas de los abetos. Luego le parecía que estaba como retirado en un paisaje elíseo, en los límites de la tierra, donde los hombres viven una vida regalada, donde no nieva nunca ni hay invierno, ni tormentas ni aguaceros, sino donde llega en todo momento el soplo siempre fresco del océano y, en un ocio despreocupado, transcurren los días, sin esfuerzo, sin combate y solo consagrados al sol y su firmamento.

Veía al joven Tadzio mucho, casi de continuo; un espacio limitado, un orden de vida impuesto a todos, traían consigo que el guapo muchacho estuviese cerca de él durante todo el día con pocas interrupciones. Lo veía, se lo encontraba, por todas partes: en las salas bajas del hotel, en las refrescantes excursiones en barca a la ciudad y de vuelta, en los fastos del lugar incluso y, a menudo también entre medias, en los caminos y veredas, cuando la casualidad hacía de las suyas. Principalmente, sin embargo, y con la regularidad más feliz, las mañanas en la playa le ofrecían amplias oportunidades de dedicar devoción y estudio a la benigna aparición. Sí, esta felicidad obligada, este favor cotidiano de las circunstancias, le venía muy bien, lo que lo llenaba de contento y alegría de vivir, que le hacían la estancia más apreciada y que los días de sol se ofreciesen uno tras otro tan amenos.

Se levantaba temprano, como había hecho siempre ante el pálpito de la urgencia de trabajar, y estaba tumbado en la playa antes que la mayoría, cuando el sol era aún suave y el mar deslumbraba blanco en la ensoñación de la mañana. Saludaba amigablemente al vigilante de la playa, saludaba también con confianza al barbiblanco descalzo que le había preparado el lugar, le había tendido el toldo marrón, le había sacado los muebles de la caseta al entarimado, y se instalaba. Pasaba allí tres o cuatro horas en las que el sol trepaba a lo alto y alcanzaba su temible poder, en las que el mar no dejaba de azulear cada vez más profundo y en las que podía ver a Tadzio.

Lo veía venir, por la izquierda, siguiendo la orilla del agua, lo veía desde atrás avanzar entre las casetas, o resultaba también, no sin que aquello le produjese cierto estremecimiento de alegría, que se había perdido su llegada y estaba ya allí, con su traje de baño azul y blanco que en la playa era su única vestimenta, y había retomado su habitual trajín bajo el sol y sobre la arena: aquella idílica vida vana, ociosa, que era juego y reposo, un continuo pasear, bañarse, excavar, atrapar, descansar y nadar, vigilado, llamado por las mujeres desde el entarimado, que hacían retumbar su nombre en voz de falsete: «¡Tadziu! ¡Tadziu!», y a las que volvía corriendo en una pantomima de diligencia, para contarles lo que vivía, para mostrarles lo que había encontrado, pescado: mejillones, caballitos de mar, medusas y carramarros de caminar orillado. Aschenbach no entendía una palabra de lo que decía y, aunque se tratase de lo más cotidiano, era una ininteligible melodía para sus oídos. Y ese desconocimiento llenaba la charla del muchacho de música, un sol insolente ver-

tía sobre él su pródigo resplandor, y el majestuo-
so panorama del mar realzaba siempre, a modo de
fondo, su aparición.

El observador conoció pronto cada línea y
cada pose de aquel cuerpo tan esbelto, de prestan-
cia tan libre; saludaba con alegría aquella belleza
ya familiar y no encontraba fin a la admiración, a
la dulce ansia sensual, que le provocaba. Llamaron al muchacho para que saludase a un invitado
que esperaba a las mujeres junto a las casetas; él
corrió, corrió mojado, tal vez recién salido del
agua, sacudió los rizos y, al tenderle la mano, con
el peso sobre una pierna, el otro pie apoyado sobre la punta de los dedos, su cuerpo se curvó en
un sugerente giro, de garbo tenso, amabilidad re-
catada, que coqueteaba por noble deber. Se tum-
baba, la toalla enrollada en torno al torso, el brazo suavemente cincelado apoyado en la arena, la
barbilla en el hueco de la mano; el muchacho al
que llamaban «Jashu» se agachaba junto a él y lo
hacía hermoso, y nada podía ser más fascinante
que la sonrisa de los ojos y los labios, con la que el
magnífico miraba al insignificante servidor. Se pa-
raba en la orilla, solo, apartado de los suyos, muy
cerca de Aschenbach; erguido, las manos entrela-
zadas en la nuca, balanceándose lentamente sobre

86

las puntas de los pies, y soñando con el azul, mientras las olitas que iban llegando le bañaban los pies. Su pelo del color de la miel se enroscaba en rizos sobre las sienes y la nuca, el sol le iluminaba la pelusilla en lo alto de la espalda, el fino trazado de las costillas, la simetría del pecho resaltaban en la estrecha envoltura del tronco, sus axilas eran aún lisas como las de una estatua, las corvas tersas, y sus vetas azuladas hacían que su cuerpo pareciese hecho del más tenue de los tejidos. ¡Qué ejemplar! ¡Qué precisión del pensamiento se había expresado en aquel dilatado y joven amor perfecto! Y aquella voluntad estricta y limpia que, actuando en la oscuridad, había logrado traer a la luz a esta divina criatura, ¿no le era también a él, el artista, conocida y familiar? ¿No obraba también en él, cuando, lleno de sobria pasión, liberaba de la mole marmórea de la lengua la delgada forma que había contemplado en su interior y que presentaba como modelo y espejo de la belleza espiritual en el hombre?

¡Modelo y espejo! Sus ojos abrazaron la noble figura allí, al borde del azul, y con arrebatado entusiasmo, creyó haber abarcado con aquella mirada la belleza misma, la forma como ideada por Dios, la perfección única y pura que vive en la mente y de la que se erigía allí un trasunto humano, ligero y benévolo, para su devoción. Aquel fue el delirio; y el caduco artista le dio la bienvenida sin objeciones, incluso anhelante. Su mente daba a luz, su cultura estaba en ebullición, su memoria emitía recuerdos viejísimos, que se remontaban a su juventud y que, hasta entonces, nunca habían sido revividos por sí mismos. ¿No estaba escrito que el sol desvía nuestra atención de las cosas intelectuales a las carnales? Atonta y hechiza, según se dice, el entendimiento y la memoria de tal suerte que el alma olvida por completo, debido al placer, su estado real y, con admirado entusiasmo, queda pendiente del más hermoso de los objetos considerados; sí, solo con la ayuda de un cuerpo puede luego elevarse a una reflexión superior. El dios Amor, ciertamente, imitaba a los matemáticos que enseñan a los niños incompetentes imágenes evidentes de las formas puras: también Dios se sirvió de buen grado, para hacernos visible lo inmaterial, de la figura y el color de la juventud humana, que adornó, como herramienta de la memoria, con todo el reflejo de la belleza, y ante cuya vista nos inflamamos en dolor y esperanza.

Así pensó Aschenbach entusiasmado; así pudo sentirlo. Y, del éxtasis del mar y el resplan-

dor del sol, se tendió hacia él una imagen deliciosa. Era el alto plátano no lejos de la acrópolis de
Atenas; era aquel lugar de sagrada sombra, col-
mado del olor de las flores de la pimentera, que
adornaban los exvotos y piadosas ofrendas en honor de las ninfas y Aqueloo. El arroyo se derrama-
ba clarísimo a los pies del frondoso árbol, sobre
los lisos guijarros; las cigarras cantaban. Sobre la
hierba, en cambio, que caía suavemente, de manera que uno podía, al tumbarse, mantener la cabeza en alto, descansaba una pareja, resguarda-
da aquí del calor del día: un hombre entrado en
años y un joven, uno feo y otro guapo, el sabio,
complaciente. Y, entre atenciones e ingeniosas
bromas, enseñaba Sócrates a Fedro sobre el deseo y la virtud. Le habló del gran espanto que su-
fre el hombre sensible cuando sus ojos divisan un
remedo de la eterna belleza; le habló de la avidez
del no iniciado, del hombre malvado, que no
puede pensar en la belleza cuando ve su remedo
y no es capaz, por tanto, de respetarla; le habló
del miedo sagrado que sobrecoge al hombre noble cuando aparece un rostro divino, un cuerpo
perfecto; cómo, entonces, se estremece fuera de
sí y apenas se atreve a mirar y venera a quien posee esa belleza, incluso sería capaz de ofrecerle

sacrificios como a una columna votiva, si no temiese parecer un demente ante los hombres. Pues la belleza, querido Fedro, solo ella es amable y manifiesta a la vez: es, ¡date cuenta!, la única forma de lo espiritual que podemos percibir con los sentidos, que podemos soportar con ellos. Pues ¿qué otra cosa puede ser de nosotros más que lo divino cuando sensatez y virtud y verdad quieren aparecer ante nuestros sentidos? ¿No pereceríamos y nos consumiríamos de amor como Sémele ante Zeus? Así pues, la belleza es el camino del hombre sensible hacia lo espiritual: solo el camino, solo el medio, pequeño Fedro... Y luego le habló de lo más sutil, del hombre tibio que hace la corte: ese para quien el amante es más divino que el amado, porque en uno está Dios, pero no en el otro... este pensamiento tan efusivo, tan desdeñoso tal vez, pensado una vez y del que surge toda travesura y lujuria clandestina del deseo.

La felicidad del escritor es el pensamiento que es todo sentimiento, el sentimiento que puede ser todo pensamiento. Uno de esos pensamientos palpitantes, uno de esos sentimientos tan precisos era el que rondaba y obedecía, a la sazón, a nuestro solitario: es decir, que la naturaleza se estremecía de placer cuando el alma se inclinaba en homenaje a la belleza. De pronto, deseó escribir. A decir verdad, Eros ama, se suele decir, la ociosidad y solo para los ociosos está creado. Pero, en ese punto de la crisis, el estímulo del afectado se dirigía a la producción. Casi le era indiferente el pretexto. Se había planteado en el mundo intelectual una cuestión, una insinuación, sobre determinado problema grande y acuciante de la cultura y el buen gusto, de la que Aschenbach había tenido noticia ya de viaje. El objeto le era familiar, era una vivencia suya; la apetencia de hacerlo brillar a la luz de sus palabras, de golpe, irresistible. Y, de hecho, deseaba trabajar en presencia de Tadzio, escribir tomando la figura del muchacho como modelo, dejar que su estilo siguiese las líneas de aquel cuerpo que le parecía divino, y llevar su belleza a lo intelectual como el águila una vez llevó al pastor troyano al éter. Nunca había sentido de manera tan dulce el apetito de la palabra, nunca había estado tan seguro de que Eros está en las palabras, como durante esas horas peligrosamente exquisitas en las que, sentado a su tosca mesa bajo el toldo, a la vista del ídolo y con la música de su voz en el oído, redactaba siguiendo la belleza de Tadzio su pequeño tratado, esa página y media de escogida prosa cuya integridad, nobleza y distensión emocional oscilante provocaría muy pronto el asombro de muchos. Es con toda seguridad bueno que el mundo solo conozca lo bello del arte, y no su origen, que no conozca las circunstancias en que se creó; pues el conocimiento de las fuentes de las que fluye la inspiración del artista lo confundiría a menudo, lo desalentaría y anularía, con ello, el efecto de lo admirable. ¡Horas singulares! ¡Afán singularmente extenuante! ¡Peculiar cópula creadora del intelecto con un cuerpo! Cuando Aschenbach recogió su trabajo y abandonó la playa, se sentía agotado, incluso fracasado, y le parecía que su conciencia lo acusaba como tras un desenfreno.

Fue a la mañana siguiente cuando, a punto de salir del hotel, vio desde la escalinata cómo Tadzio, ya de camino al mar —y, además, solo—, justo se acercaba a la playa privada. El deseo, el sencillo pensamiento de aprovechar la oportunidad para conocer a aquel que sin saberlo tanta revolución y conmoción provocaba, para dirigirle la palabra de manera ligera y apacible, disfrutar de su contestación, de su mirada, se sugirió y se impuso. El adonis caminaba arrastrando los pies, era posible alcanzarlo, y Aschenbach apuró el paso. Llegó a su altura en la pasarela de tablones tras las casetas, quiso tocarle la cabeza, el hombro, y decirle unas palabras, tenía una amable frase en francés en la punta de la lengua: entonces, siente que su corazón, tal vez también debido al paso ligero, golpea el pecho como un martillo, que le falta el aliento hasta tal punto que solo podría hablar a trompicones y jadeando; titubea, intenta dominarse, teme de pronto haber caminado ya demasiado tiempo tras el muchacho, teme haber llamado su atención, que se vuelva a mirarlo interrogativo, toma ímpetu de nuevo, pierde fuerza, renuncia y sigue adelante con la cabeza gacha.

¡Demasiado tarde! —pensó en ese momento—. ¡Demasiado tarde!. Y, sin embargo, ¿lo era? Aquel paso que no había dado, podría seguramente haberlo dado con buen resultado, con un resultado ameno y feliz, hacia una desilusión sanadora. Pero nuestro caduco escritor no quería la desilusión, quería el éxtasis. ¡Quién puede descifrar el ser y el carácter del arte! ¡Quién entiende la profunda mezcla de instintos de educación y lujuria que lo produce! Pues no querer la desilusión sanadora es lujuria. Aschenbach no estaba ya en disposición de autocrítica; el buen gusto, el ánimo espiritual de sus años, su dignidad, su madurez y la modestia tardía no lo inclinaban a analizar los motivos y decidir si su comportamiento se había debido a la conciencia, o era fruto del libertinaje y las debilidades. Estaba confuso, temía que alguien, aunque hubiera sido solo el vigilante de la playa, hubiese podido observar su recorrido, su fracaso, temía terriblemente el ridículo. Por lo demás, se mofó para sí de su cómico temor. «Pasmado, pasmado como un pollo que, lleno de miedo, deja caer las alas durante la lucha. A fe mía que es Dios quien, a la vista de lo gentil, nos desalienta de tal manera y aplasta del todo contra el suelo nuestro orgulloso parecer...», pensó. Jugó, fantaseó y era demasiado arrogante para temer un sentimiento.

Había dejado ya de vigilar el tiempo de ocio que se concedía; el pensamiento de regresar a casa no volvió a ocurrírsele. Se había hecho transferir una hermosa cuantía de dinero. Solo le preocupaba la posible marcha de la familia polaca; aunque había averiguado bajo mano, gracias a los informes ocasionales del peluquero del hotel, que llevaban allí desde muy poco antes que el señor. El sol había bronceado el rostro y las manos de Aschenbach, la estimulante brisa salada había reforzado su sensibilidad y, puesto que estaba acostumbrado a apurar de inmediato en el trabajo las fuerzas que le proporcionasen el sueño, la alimentación y la naturaleza, dejaba ahora que todo lo que lo fortalecían el sol, el ocio y el aire del mar un día tras otro se deshiciese generosamente y sin control de gasto en éxtasis y emociones.

Su sueño era ligero; los días exquisitamente monótonos estaban separados por cortas noches de feliz desasosiego. De hecho, se retiraba temprano, pues cuando, a las nueve, Tadzio desaparecía de escena, el día parecía haber terminado. Pero lo despertaba al romper del alba un pequeño sobresalto punzante, el corazón le recordaba su aventura, no le permitía seguir entre las sábanas, se levantaba y, ligeramente abrigado contra el relente de la mañana, se sentaba ante la ventana abierta a esperar la salida del sol. El maravilloso acontecimiento llenaba de devoción su espíritu bendecido por el sueño. Aún yacían el cielo, la tierra y el mar en una vidriosa penumbra espectral; aún flotaba una moribunda estrella en lo insustancial. Pero le llegaba ya un soplo de brisa, la alegre noticia de que, en su lejana morada, Eos abandonaba el lecho de su esposo, y ese primer sonrojarse dulce de las franjas de cielo y de mar más remotas mostraba la creación a los sentidos. Se acercaba la diosa, la secuestradora que robó a Clito y Céfalo y que, a pesar de la envidia de todo el Olimpo, disfrutó el amor del hermoso Orión. Un rosa empolvado comenzaba en el extremo del mundo, florecía un resplandor indescriptiblemente benigno que aclaraba las nubes infantiles, y estas flotaban iluminadas como amorcillos de aire rosa y azul, el púrpura caía sobre el mar que parecía arrastrarlo en las olas, lanzas doradas se arrojaban hacia la altura del cielo, el fulgor se hacía incendio en silencio, con potencia divina rodaban hacia el suelo el calor y el ardor y las llamas vivas, y rampantes subían los caballos del sagrado hermano el círculo del mundo. Iluminado por la magnificencia del dios, se sentaba este guardián solitario, cerraba los ojos y dejaba que la gloria le besase los párpados. Sentimientos pasados de una angustia temprana y deliciosa del corazón, que habían muerto en el estricto servicio de su vida, y que ahora volvían tan cambiados... los reconocía con una sonrisa confusa y maravillada. Meditaba, soñaba, sus labios formaban poco a poco un nombre y, aún sonriendo, con el semblante vuelto hacia el cielo, las manos sobre el regazo, se adormentaba de nuevo en su sillón.

Pero el día, que empezaba tan fogosamente solemne, se tornaba algo patético y místicamente distinto. ¿De dónde venía, dónde se originaba ese hálito que, de pronto tan suave y significativamente, como una inspiración elevada, refocilaba entre sus sienes y orejas? Unas nubecillas blancas como de plumas ocupaban en grupos desperdigados el cielo, como rebaños de los dioses en un prado. Se levantaba un viento más fuerte, y corrían, encabritados, los corceles de Poseidón y los toros del dios de rizos cerúleos arremetían berreando y con la testuz gacha. Entre el rodar de los cantos de la playa lejana, sin embargo, las olas triscaban como cabritillas. Un mundo sagradamente desfigurado, lleno de vida en pánico, rodeaba al embelesado Aschenbach, y su corazón soñaba con tiernas fábulas. Varias veces, cuando el sol se hundía tras Venecia, se sentó en un banco del parque a mirar a Tadzio, quien, vestido de blanco con un cinto de color, se divertía en la pista de arena jugando a la pelota, y le parecía que era a Jacinto a quien veía, y que debía morir porque dos dioses lo amaban. Sí, sentía la envidia dolorosa de Céfiro a su rival, el del oráculo, que olvidaba siempre arco y cítara para jugar con el hermoso Jacinto; vio el disco, dirigido por los celos sanguinarios, golpear la amada cabeza; recibió, también él palideciendo, el cuerpo quebrado, y brotó la flor, el dulce florecer, que llevaba la leyenda de su interminable lamento...

No hay nada más extraño, más delicado, que las relaciones de las personas que se conocen solo de vista, que se encuentran a diario, incluso de hora en hora, se observan y, al hacerlo, mantienen la apariencia indiferente de los que no se conocen, y se ven obligados a no saludarse ni dirigirse la palabra, por presión de la costumbre o por el propio capricho. Entre ellos hay extrañeza y excesiva curiosidad, la histeria de una necesidad de conocimiento e intercambio insatisfecha, reprimida de manera poco natural y, en realidad, también una especie de atención tensa. Pues el hombre adora y respeta al hombre siempre y cuando no tenga que juzgarlo, y la añoranza es creación de un conocimiento imperfecto.

Alguna relación e intimidad debía desarrollarse necesariamente entre Aschenbach y el joven Tadzio, y con estridente alegría pudo el mayor darse cuenta de que su atención y su participación no pasaban del todo desapercibidas. ¿Qué llevó, por ejemplo, al adonis a no volver a utilizar, cuando aparecía por la mañana en la playa, la pasarela de tablones a la espalda de las casetas, sino solo el camino de delante, a través de la arena, frente al lugar que ocupaba Aschenbach, pasando a veces innecesariamente cerca de él, casi rozando su mesa, su silla, hacia la caseta de los suyos? ¿Funcionaba así la atracción, la fascinación de un sentimiento calculado, en su tierno e inadvertido objeto? Aschenbach esperaba cada día la llegada de Tadzio y, de vez en cuando, hacía como si estuviese ocupado cuando sucedía, y dejaba al hermoso muchacho pasar en apariencia desapercibido. A veces, sin embargo, miraba, y sus ojos se encontraban con los de él. Las dos miradas eran solemnes cuando pasaba. El gesto digno y formado del escritor no traicionaba la conmoción interior; pero, en los ojos de Tadzio, había cierta exploración, una pregunta reflexiva, en su paso una duda, miraba al suelo, volvía a mirar de manera encantadora hacia delante y, cuando había pasado, algo parecía expresar en su porte que solo la educación le impedía darse la vuelta.

Una vez, no obstante, una noche, hubo otro resultado. Los hermanos polacos habían faltado con su institutriz a la comida principal en el gran comedor; Aschenbach lo había notado con preocupación. Al acabar de cenar, se había dirigido, muy turbado por su ausencia, con el traje de etiqueta y el sombrero de paja, a la parte delantera del hotel, a los pies de la terraza, cuando de pronto vio aparecer, a la luz de los faroles, a las monjiles hermanas con la institutriz y, cuatro pasos detrás de ellas, a Tadzio. Era obvio que venían del embarcadero del vapor, después de que, por alguna razón, hubiesen cenado en la ciudad. Seguro que había hecho frío en el trayecto; Tadzio llevaba un abrigo de marinero azul oscuro con botones dorados y, en la cabeza, una gorra a juego. El sol y la brisa del mar no lo bronceaban, el tono de su piel seguía siendo de ambarino mármol como al principio; sin embargo, parecía más pálido hoy que de costumbre, fuese por el frío o por la luz de los faroles que le robaba el color. Sus cejas simétricas se dibujaban más nítidas, sus ojos parecían más oscuramente profundos. Estaba más guapo de lo que es posible describir, y Aschenbach sintió, como ya solía con dolor, que la palabra solo podía alabar la belleza sensual, no reproducirla.

No había esperado la apreciada aparición, lo había pillado por sorpresa, no había tenido tiempo de fijar en su rostro el gesto de la tranquilidad y la dignidad. La alegría, la sorpresa, la admiración se pintaban en él abiertamente cuando su mirada se cruzó con la del añorado; y, en ese preciso instante, Tadzio sonrió: lo miró sonriendo, elocuente, confiando, encantador y sincero, con los labios abriéndose lentamente en la sonrisa. Era la sonrisa de Narciso, que se inclina sobre su reflejo en el agua, esa sonrisa profunda, embelesada, demorada, con la que extiende el brazo hacia el reflejo de su propia belleza; una sonrisa apenas dibujada, dibujada por la imposibilidad de su esfuerzo por besar los dulces labios de su sombra, coqueta, curiosa y levemente torturada, trastornada y trastornadora.

Quien recibió esa sonrisa escapó con ella como con un regalo funesto. Estaba tan exaltado que se vio obligado a huir de la luz de la terraza, del jardín delantero, y buscó, con paso apresurado, la oscuridad del parque de atrás. Una especial indignación y una exhortación tierna se le escaparon: «¡No puedes sonreír así! Escucha, ¡no se puede sonreír así a la gente!». Se dejó caer en un banco, respiró fuera de sí el aroma nocturno de las plantas. Y recostado, con los brazos colgando, derrotado y sin dejar de estremecerse, masculló la eterna fórmula del deseo, imposible aquí, absurda, depravada, ridícula y, no obstante, sagrada, venerable también aquí: «Te quiero».

5

En la cuarta semana de su estancia en el Lido, Gustav von Aschenbach se dio cuenta de ciertos detalles inquietantes en cuanto al mundo exterior. Primero le pareció que, a medida que avanzaba la temporada, la ocupación del hotel bajaba más que subía y, en particular, que el idioma alemán parecía agotarse y enmudecer a su alrededor, de manera que, a la mesa y en la playa, sus oídos terminaron por solo encontrar sonidos extranjeros. Un día, entonces, oyó en la conversación del peluquero, al que visitaba ahora con frecuencia, una palabra que lo dejó perplejo. El hombre había mencionado a una familia alemana que acababa de marcharse, tras una estancia corta, y añadió charlando lisonjero:

—Usted se queda, señor: no teme a la enfermedad.

Aschenbach lo miró.

—¿La enfermedad? —repitió.

El charlatán guardó silencio, se mostró ocupado e hizo oídos sordos a la pregunta. Y, cuando el otro lo apremió, explicó que no sabía nada y buscó cambiar de tema con su facundia.

Eso fue a mediodía. Por la tarde, Aschenbach fue en la calma chicha y bajo el fuerte sol a Venecia, pues lo apremiaba la manía de seguir a los hermanos polacos, a los que había visto tomar, con su institutriz, el camino del embarcadero del vapor. No encontró al ídolo en San Marcos. Pero, mientras tomaba el té en su velador de hierro a la sombra de la plaza, olfateó de pronto en el aire un olor peculiar que le pareció ahora que había percibido ya hacía días sin ser consciente de ello: un aroma dulzón y medicinal, que recordaba a penurias y heridas y a una limpieza sospechosa. Lo corroboró y lo reconoció reflexivo, terminó su merienda y abandonó la plaza por el lado contrario al templo. En la estrechez de las calles, el olor se hizo más fuerte. En las esquinas había pegados carteles impresos en los que se advertía cívicamente a la población de ciertas enfermedades del sistema gástrico que, con este clima, estaban a la orden del día, causadas por el consumo de ostras y mejillones, pero también por el agua de los canales. La naturaleza disimulada del bando era clara. Grupos de gente se reunían en silencio en los puentes y plazas; y los extranjeros entre ellos parecían disgustados y meditabundos.

Pidió información sobre el rumor fatal a un propietario que se apoyaba, entre ristras de coral y falsas joyas de amatista, a la puerta de su antro. El hombre lo miró, con ojos duros, de la cabeza a los pies y pareció nervioso.

—Una disposición preventiva, señor —contestó con grandes ademanes—. Una orden de la Policía, digna de aplauso. Este tiempo oprime, el siroco no es saludable. En dos palabras, entenderá... Se trata tal vez de un cuidado exagerado...

Aschenbach le dio las gracias y siguió su camino. También en el vapor que lo llevó de vuelta al Lido notó, entonces, el olor a limpiador antiséptico.

De vuelta en el hotel, se dirigió de inmediato en el vestíbulo a la mesa de los periódicos y pasó revista a los diarios. No encontró nada en los extranjeros. Los de su idioma hacían constar rumores, transcribían cifras bailonas, reproducían negativas oficiales y dudaban de la verdad de estas. Así se explicaba la partida de los elementos alemanes y austriacos. Los pertenecientes a las demás naciones no sabían evidentemente nada, no adivinaban nada, no estaban aún intranquilos. «Hay que callar. ¡Hay que callarlo!», pensó Aschenbach excitado, mientras arrojaba los periódicos de nuevo sobre la mesa. Pero, al mismo tiempo, su corazón se llenó de satisfacción por la aventura en la que parecía ir a enredarse el mundo exterior. Pues la pasión, como el crimen, no se conforma con el orden garantizado y el bienestar de lo cotidiano, y cada relajamiento de la estructura ciudadana, cada embrollo y tribulación del mundo, son bienvenidos porque le permiten esperar una ventaja en la confusión. Así sintió Aschenbach una oscura satisfacción ante el proceder encubierto de las autoridades en las callejuelas contaminadas de Venecia; ese secreto maléfico de la ciudad, que se fundía con su propio secreto, y cuya protección tanto le importaba. Pues el enamorado no atendía a nada que pudiese hacer que Tadzio se marchase, y reconocía no sin espanto que ya no sabría vivir si eso sucedía.

Últimamente no se contentaba con esperar la cercanía y la visión del adonis según el plan habitual de la jornada y la suerte; lo seguía, iba tras él. El domingo, por ejemplo, los polacos no aparecieron en ningún momento por la playa; comprendió que habían ido a la misa de San Marcos, se apresuró hacia allá y, al entrar desde el calor de la plaza en la penumbra dorada del santuario, encontró a los que había echado en falta arrodillados en un reclinatorio, escuchando el servicio. Se quedó, entonces, de pie en la parte de atrás, sobre un suelo de mosaico resquebrajado, en medio de la gente de rodillas, que mascullaba y se santiguaba, y la recargada pompa del templo oriental cargó opulenta contra sus sentidos. Al frente caminaba, manipulaba y cantaba el cura ricamente ataviado, se elevaba el humo del incensario, que envolvía las débiles llamitas de las velas del altar y, en el empalagoso aroma de la ofrenda, parecía mezclarse en secreto otro: el olor de la ciudad enferma. Pero, a través del humo y el fulgor, Aschenbach vio cómo el hermoso muchacho volvía la cabeza allí delante, lo buscaba y le devolvía la mirada.

Cuando luego la multitud afluyó por los portones abiertos hacia la plaza luminosa, pululante de palomas, trastornado, se ocultó en el pórtico, se escondió al acecho. Vio a los polacos salir de la iglesia, cómo los hermanos se despedían ceremoniosamente de la madre y cómo esta se volvía hacia el hotel por la *piazzetta*; se dio cuenta de que el adonis, las monjiles hermanas y la institutriz tomaban el camino de la derecha, entrando por la puerta de la torre del reloj en la calle Merceria y, acelerando un poco, los siguió, los siguió furtivo en su paseo por Venecia. Tuvo que pararse cuando se retrasaban, tuvo que esconderse a toda prisa en tabernas y patios para dejarlos pasar cuando daban la vuelta; los perdió, los buscó acalorado y agotado por puentes y en sucios callejones sin salida, y sufrió minutos de vergüenza mortal cuando los vio, de pronto, venir hacia él por un pasaje estrecho donde no era posible evitarlos. Aunque no se puede decir que sufriese. Embriagados el corazón y la cabeza, sus pasos siguieron las indicaciones del diablo que desea pisotear el juicio y la dignidad del hombre.

En algún lugar, Tadzio y los suyos tomaron una góndola y Aschenbach, quien, mientras embarcaban, se había medio ocultado tras el saledizo de un pozo, hizo lo propio una vez que se hubieron alejado de la orilla. Habló deprisa y en sordina para indicarle al remero, con la promesa de una generosa propina, que siguiese disimuladamente, a cierta distancia, a aquella góndola de allí, que doblaba la esquina; y se estremeció cuando el hombre, con la disposición pícara de quien crea las ocasiones, le aseguró en el mismo tono que lo haría, y que lo haría a conciencia.

Así que se deslizó y osciló, reclinado sobre los almohadones negros, blandos, tras la otra embarcación negra que cortaba el agua, a la que lo encadenaba la pasión. De vez en cuando, la perdía de vista: sentía, entonces, inquietud y preocupación. Pero quien lo llevaba, como si estuviese muy acostumbrado a este tipo de tareas, sabía siempre devolver a sus ojos, mediante astutas maniobras, mediante rápidos atajos y vericuetos, el objeto de sus deseos. El aire estaba inmóvil y olía, el sol abrasaba a través del tufo que teñía el cielo de color pizarra. El agua golpeaba gorgoteando contra la madera y la piedra. El grito del gondolero, medio advertencia, medio saludo, recibía contestación desde lejos, a través de la calma del laberinto, como por un peculiar acuerdo. De jardincillos que había en alto colgaban sobre muros carcomidos umbelas de flores, blancas y violetas, que olían a almendras. Los marcos árabes de las ventanas se reflejaban en las turbias aguas. Los escalones de mármol de una iglesia descendían hacia la marea; un mendigo, afirmando solemnemente su miseria acuclillado en ellos, extendía su sombrero y enseñaba el blanco de los ojos como si fuese ciego; un marchante de antigüedades, ante su tugurio, invitó a Aschenbach, al pasar, con ademanes serviles a que parase, en la esperanza de poder estafarlo. Eso era Venecia, la hermosura zalamera y sospechosa; esta ciudad, mitad cuento, mitad trampa de extranjeros, en cuyo fétido aire antaño se multiplicaba voluptuoso el arte y a la que los maestros habían arrullado galantes con su música. A nuestro aventurero le parecía que sus ojos veían la misma opulencia, que aquellas melodías le lisonjeaban los oídos; se acordó también de que la ciudad estaba enferma y de que lo disimulaba por intención de lucro, y buscó lascivo con la vista la góndola que se mecía delante.

Aschenbach, ofuscado, no sabía ni quería otra cosa que seguir sin interrupción al objeto que lo excitaba, soñar con él cuando no estaba y, a la manera de los amantes, ofrecer palabras tiernas a su mera sombra. La soledad, la extrañeza y la felicidad de un éxtasis tardío y profundo lo envalentonaban y lo convencían para dejarse llevar incluso a lo más absurdo, sin recato ni sonrojo, como había pasado que, tarde una noche, al volver de Venecia, se había detenido ante la puerta del cuarto del adonis, en el primer piso del hotel, había apoyado la frente completamente ebrio sobre su gozne y no había podido separarse de allí durante largo rato, con el peligro de que lo hubiesen sorprendido en semejante situación.

Sin embargo, no le faltaban momentos de examen y media conciencia. ¡Por qué caminos! —pensaba entonces consternado—. ¡Por qué caminos!. Como todo hombre al que interesa el mérito natural de un capital aristocrático en su linaje, estaba acostumbrado a pensar en sus antepasados en cuanto a las ganancias y los logros de su vida, a asegurarse mentalmente su consenso, su satisfacción y su obligada atención. Pensó en ellos también en esos momentos, enredado en una vivencia tan improcedente, atrapado en un libertinaje tan exótico del sentimiento, reflexionó sobre la integridad rigurosa, la masculinidad decorosa de aquellos seres, y sonrió melancólico. ¿Qué dirían? Pero, por supuesto, qué habrían dicho de toda su vida, que se había apartado de la de ellos hasta la degeneración, de aquella vida seducido por el arte, sobre la que él mismo había expresado desdén en su juventud, imitando el civismo del padre, y que, en el fondo, tan igual a la de ellos había sido. También él había servido, también él había sido soldado y guerrero, igual que algunos; pues el arte era una guerra, una lucha agotadora, para la que hoy no se era útil por mucho tiempo. Una vida de dominio de sí y de a pesar de, una vida austera, estoica y sobria, que había constituido en símbolo de un heroísmo frágil y oportuno, bien podía llamarlo masculino, podía llamarlo valiente, y diría que era el Eros reprimido el que había permitido que esa vida fuese de alguna manera especialmente comedida y propicia. ¿No había gozado del mayor prestigio entre las personas más valiosas?, ¿no se decía, incluso, que había florecido en sus ciudades gracias a su osadía? Numerosos héroes de guerra del pasado habían llevado su yugo de buena voluntad, pues no lo habían considerado una humillación dictada por Dios, y habían reprendido hechos como señas de cobardía cuando habían sucedido por otras causas: postraciones, juramentos, fervorosos ruegos y un ser esclavo no eran oprobio para el amante, sino que este recogía aún más alabanzas por ello.

Así transcurría el fascinante curso de su pensamiento, en ello pretendía apoyarse para conservar la dignidad. Pero, a la vez, su atención resentida y testaruda no dejaba de volver a los turbios sucesos que ocurrían en Venecia, aquella aventura del mundo exterior que fluía oscuramente con la de su corazón y que alimentaba su pasión con esperanzas indeterminadas y anárquicas. Empeñado en conocer noticias seguras sobre el estado y la progresión de la enfermedad, huroneó en los cafés de la ciudad los diarios alemanes, que llevaban días desaparecidos de la mesa de periódicos del vestíbulo del hotel. Afirmaciones y desmentidos se alternaban en ellos. Decían que el número de casos de enfermedad y muerte ascendía a veinte, a cuarenta, incluso a cien y más, y justo después todo brote de la epidemia, si no se negaba rotundamente, se achacaba a la gente de fuera. Se mencionaban de paso consideraciones de advertencia, protestas contra el juego peligroso de las autoridades extranjeras. No había forma de encontrar certezas.

Sin embargo, nuestro solitario era consciente de su peculiar derecho a ser parte del secreto y quedar, sin embargo, excluido, y encontró una extravagante satisfacción en arremeter con preguntas capciosas contra quienes sabían y obligarlos, pues estaban forzados al silencio, a mentiras explícitas. Un día, mientras desayunaba en el gran comedor, pidió así explicaciones al director del hotel, aquel hombrecito apagado, con levita francesa, que se movía entre los comensales saludando y supervisando, y que paró también junto a la mesita de Aschenbach para intercambiar unas palabras. ¿Por qué, en realidad —preguntó el huésped con un tono anodino y casual—, por qué demonios desinfectaban desde hacía un tiempo toda Venecia?

—Se trata —respondió el fariseo— de una medida de la Policía, que se debe, seguramente, a diversos inconvenientes o trastornos de la salud pública, que se han producido por el clima infernal y extraordinariamente cálido, y que se hacen por obligación cada cierto tiempo.

—Es de alabar la Policía —contestó Aschenbach; y, tras intercambiar algunos comentarios meteorológicos, el director se despidió.

Aún el mismo día, por la noche, tras la cena, sucedió que un grupito de cantantes callejeros de la ciudad actuó en el jardín delantero del hotel. Se colocaron, dos hombres y dos mujeres, junto al poste de hierro de uno de los faroles, y daban la cara palidecida por la luz a la gran terraza, donde la clientela disfrutaba, junto con café y bebidas frías, el programa popular. El personal del hotel, los botones, camareros y empleados de la recepción, escuchaban desde las puertas del vestíbulo. La familia rusa, vehemente y precisa en el placer, se había hecho llevar las sillas de mimbre al jardín para estar más cerca del concierto, y estaba allí agradecidamente sentada en un semicírculo. Tras los señores, con el pañuelo a modo de turbante, estaba de pie la vieja esclava.

Mandolina, guitarra, armónica y un desentonado violín sonaban entre las manos de los virtuosos vagabundos. Se mezclaban con las piezas instrumentales algunos números de canto, como cuando la más joven de las mujeres unió su penetrante graznido a la voz del tenor, dulce y de falsete, en un exigente dueto amoroso. Pero quien se mostró inequívocamente como auténtico talento y cabecilla del grupo fue el otro hombre, que tocaba la guitarra y era una especie de barítono bufo, casi sin voz, pero dotado para la mímica y con una notable energía cómica. A menudo se separaba, con su gran instrumento en brazos, de los demás, y se adelantaba actuando hacia el proscenio, donde premiaban sus picardías con sonoras carcajadas. Especialmente los rusos, en su platea, se mostraban encantados con tanta vivacidad meridional, y lo alentaban con aplausos y aclamaciones a mostrarse cada vez más atrevido y seguro.

Aschenbach estaba sentado en la balaustrada y se refrescaba los labios con una mezcla de granadina y agua de Seltz que centelleaba de rojo rubí en el vaso que sostenía. Sus nervios aceptaban ávidos los gruñidos de los instrumentos, las melodías vulgares y sentimentales, pues la pasión entumece los delicados sentidos y toma con absoluta seriedad lo que la sobriedad encuentra humorístico o rechaza indignada. Los saltos del volatinero habían contorsionado sus rasgos en una sonrisa fija y ya dolorosa. Sentado allí laxo, se expandía mientras, por dentro, en extrema atención; pues seis pasos más allá, Tadzio estaba apoyado en la barandilla.

Estaba allí con el traje de marinero con el que a veces se presentaba a las comidas, con una gracia inevitable y natural, el antebrazo izquierdo sobre el pecho, los pies cruzados, la mano derecha en la cadera en la que descansaba el peso, y mirando con una expresión que era apenas una sonrisa, una leve curiosidad distante, una aceptación cortés, dirigida a los cantantes callejeros. A veces se erguía y tiraba del blusón, dilatando el pecho, con un hermoso movimiento de los brazos, por debajo del cinturón de piel. A veces, sin embargo, y el caduco escritor lo notaba con triunfo, volvía vacilante y con cuidado, con cierta duda y algo de temor, o también aprisa y de pronto, como por sorpresa, la cabeza hacia la izquierda, hacia el lugar que ocupaba su enamorado. No encontraba sus ojos, pues una preocupación atemorizada obligaba al ofuscado a refrenar su mirada por miedo. Al fondo de la terraza estaban sentadas las mujeres que vigilaban a Tadzio, y había llegado el punto en que el enamorado temía haber llamado la atención y que se desconfiase de él. Sí, con una especie de entumecimiento había notado varias veces, en la playa, en el vestíbulo del hotel y en la *piazza* San Marco, que llamaban a Tadzio para alejarlo de él cuando estaba cerca, y se desprendía de ello una terrible ofensa, bajo la que su orgullo se tornaba en una tortura desconocida y que su consciencia le impedía reconocer.

Entretanto, el guitarrista había comenzado un solo acompañado de su instrumento, una coplilla de varias estrofas, cada vez más conocida por toda Italia, en cuyo estribillo se unía su compañía, cantando y con todos los instrumentos, y que él sabía recitar de una manera plástica y dramática. De constitución delgada y de rostro también flaco y demacrado, estaba plantado sobre la grava a cierta distancia de los otros, el raído sombrero de fieltro retirado hacia la nuca, de manera que un copete de su rojo cabello brotaba bajo el ala y, en actitud de descarada bravura, lanzaba fanfarrón a la terraza una insistente cascada de chanzas, que acompañaba de las cuerdas, el esfuerzo de cuya producción le hinchaba las venas de las sienes. No parecía veneciano, más bien de la raza de los cómicos napolitanos, mitad rufián, mitad comediante, brutal y temerario, peligroso y divertido. Su canción, de lo más bobo desde el punto de vista de la letra, adquiría en sus labios, gracias a sus ademanes, el movimiento de su cuerpo, su forma de guiñar un ojo cómplice y de asomar pícaro la lengua por la comisura de la boca, algo ambiguo, vagamente indecente. Del cuello blando de la camisa de *sport* que llevaba con la ropa típica de la ciudad, brotaba su seco cuello con una nuez ostensivamente grande y pelada. Su rostro pálido y chato, de cuyos rasgos barbilampiños era difícil adivinar la edad, parecía erosionado por las muecas y las malas costumbres, y era extraño cómo, al sonreír, su boca en perpetuo movimiento encajaba a la perfección con los dos surcos que se dibujaban tercos, altivos, casi salvajes entre sus cejas rojizas. Lo que, sin embargo, llamaba la atención de nuestro solitario con tanta fuerza hacia él era la observación de que la sospechosa figura parecía llevar consigo también su propio aire sospechoso. Cada vez, de hecho, que se repetía el estribillo, el cantante emprendía entre muecas y

118

apretones de manos una grotesca ronda que lo llevaba directo hacia Aschenbach, y cada vez que
esto sucedía, emanaba de sus ropas, de su cuerpo,
un tufo de fuerte olor a fenol hacia la terraza.

Una vez terminada la copla, comenzó a recoger dinero. Empezó por los rusos, que lo ofrecie-
ron generosamente, y luego fue subiendo los escalones. En la medida en que había sido descarado
durante la función, se presentaba ahora humilde.
Lisonjero, fue recorriendo poco a poco y entre reverencias las mesas, y una sonrisa de falsa modestia descubría sus fuertes dientes, mientras los dos
surcos seguían aún amenazando entre sus cejas
rojas. Examinaron lo exótico del ser que recogía
su sustento con curiosidad y cierta repugnancia,
con la punta de los dedos le echaron monedas en
el sombrero de fieltro cuidándose de no tocarlo.
La suspensión de la distancia física entre los co-
mediantes y el respetable siempre crea, por grande que haya sido la diversión, cierto embarazo. Él
lo sintió e intentó disculparse servilmente. Llegó
a Aschenbach y, con él, el olor que nadie a su alrededor parecía plantearse.

—¡Escucha! —dijo nuestro solitario, por lo
bajini y de manera casi mecánica—. Desinfectan
Venecia. ¿Por qué?

—¡Por la Policía! Es la orden, señor, cuando hace este calor y con el siroco. El siroco oprime. No es bueno para la salud... —contestó ronco el guasón.

Hablaba como sorprendido de que alguien pudiese preguntar tal cosa y demostraba con la mano plana cómo oprimía el siroco.

—¿No hay, entonces, enfermedad en Venecia? —preguntó Aschenbach muy bajito y entre dientes.

Los musculosos rasgos del bufón adquirieron un gesto de cómico desconcierto.

—¿Enfermedad? Pero ¿qué enfermedad? ¿Es el siroco una enfermedad? ¿Es tal vez la Policía una enfermedad? ¡Bromea usted! ¡Una enfermedad! ¡Y qué más! Una medida preventiva, ¡entérese bien! Una orden oficial contra los efectos de este pesado clima... —Gesticulaba.

—Está bien —dijo Aschenbach, de nuevo brevemente y en voz baja, y dejó caer con rapidez una moneda de importe absurdamente alto en el sombrero. Luego indicó al hombre con los ojos que se fuese. Este obedeció sonriendo, entre cortesías. Pero, aún no había llegado a la escalera, cuando dos empleados del hotel se lanzaron sobre él y lo sometieron a un interrogatorio cruzado entre su-

surros, con las caras muy pegadas a la suya. Él se encogió de hombros, afirmó solemnemente, juró no haber dicho nada; ya lo habían visto. Cuando lo soltaron, volvió al jardín y, tras un breve coloquio con los suyos bajo el farol, se adelantó en una canción más, de agradecimiento y despedida.

Era una canción que nuestro solitario no recordaba haber oído nunca; una impertinente canción de moda en incomprensible dialecto y adornada con un estribillo cómico, en el que la banda se unía una y otra vez a toda voz. No se oían muy bien ni la letra ni el acompañamiento musical, y nada quedaba aparte de una risa rítmica, de alguna manera fingida, pero tratada con toda naturalidad, que particularmente el solista supo representar con su gran talento para la engañosa viveza. Había recuperado, volviendo a la distancia de representación entre él y el respetable, todo su descaro, y su risa artificial, lanzada sin vergüenza alguna a la terraza, era de escarnio. Ya hacia el final de la parte articulada de la estrofa pareció batallar con un deseo irresistible. Tragó, su voz osciló, se apretó la mano contra la boca, encorvó los hombros y, en determinado momento, reprimió, gritó e hizo estallar la indomable risa, con tal veracidad que resultó contagiosa y se la comunicó a los que escuchaban, de manera que también en la terraza se produjo una hilaridad sin objeto y solo viva por sí misma. Pero esto pareció incluso redoblar el desenfreno del cantante. Levantó una rodilla, se dio un golpe en el muslo, se agarró los costados, con el deseo de desahogarse, ya no reía, gritaba; señaló con el dedo hacia arriba, como si no hubiese nada más cómico que quienes se reían en lo alto y, por fin, rieron todos en el jardín y en la veranda, hasta los camareros, los botones y las doncellas en las puertas.

Aschenbach ya no encontraba paz en su silla, se había erguido como para defenderse o huir. Pero la risa, el olor a hospital que flotaba en el aire y la cercanía del adonis lo enredaban en un ensueño que cercaba su piel, sus sentidos, de manera invulnerable, ineluctable. En el movimiento y la dispersión general se atrevió a mirar hacia Tadzio y, al hacerlo, pudo notar que el adonis, como respuesta a su mirada, se quedó igualmente serio, tanto como si ajustase su comportamiento y su gesto al del otro, y como si el humor general que envolvía a los demás no tuviese efecto en él. Esa obediencia infantil y alusiva tenía algo que desarmaba, que avasallaba de tal forma que Aschenbach a duras penas consiguió ocultar la cara entre las manos. También le había parecido como si Tadzio fuese a erguirse por inercia y escapársele un suspiro, una opresión del pecho. «Es enfermizo, seguramente no viva mucho», volvió a pensar con ese pragmatismo que parecía emanciparse curiosamente a veces de su éxtasis y su anhelo; y puro afecto, a la vez que una satisfacción exuberante, le llenaron el corazón.

Los venecianos, entretanto, habían terminado y se iban. Un aplauso los acompañó y su cabecilla no se privó de adornar incluso su marcha con bromas. Sus reverencias, sus besamanos producían risa, y él, por lo tanto, los redoblaba. Cuando los suyos estaban ya fuera, siguió haciendo como si tropezase, marcha atrás, contra un poste, y se arrastró como retorcido del dolor hacia el portón. Allí, por fin, se deshizo de una vez de la máscara del cenizo cómico, se irguió, saltó flexible, sacó con descaro la lengua a los huéspedes de la terraza y desapareció en la oscuridad. La clientela del balneario se disgregó; Tadzio hacía mucho que no estaba ya junto a la balaustrada. Pero nuestro solitario siguió mucho tiempo sentado, lo que extrañó a los camareros, con el resto de su bebida de granadina sobre el velador. La noche avanzaba, el tiempo se consumía. En casa de sus padres, hacía muchos años, había habido un reloj de arena; volvió a ver el chisme frágil e imponente como si lo tuviese frente a él. Silenciosa y sutil, la arena color teja se deslizaba por la estrechez del cristal y, puesto que el hueco de arriba estaba en pendiente, había formado allí un remolino pequeño y agudo.

Ya al día siguiente, por la tarde, Aschenbach dio tozudo un nuevo paso hacia la tentación del mundo exterior y esta vez con todo el éxito posible. En la plaza de San Marcos, entró en la oficina de viajes inglesa que allí había y, después de cambiar en la caja algo de dinero, dirigió con el gesto del extranjero desconfiado al empleado que lo había atendido su fatal pregunta. Era un británico vestido de lana, aún joven, repeinado con raya al medio, los ojos muy juntos, y de esa grave lealtad que tan curiosa parece entre los seres del ladino y pícaro sur.

—No hay razón para preocuparse, *sir* —comenzó—. Una medida sin consecuencias serias. Este tipo de disposiciones se dicta a menudo para evitar los efectos nocivos del calor y el siroco... —Pero, al levantar los ojos azules, se encontró con la mirada del extranjero, una mirada cansada y algo triste, dirigida con cierto desdén hacia sus labios. El inglés se sonrojó—. Esa es —continuó a media voz y con cierta agitación— la explicación oficial, que se da aquí por buena. Le diré lo que oculta.

Y, entonces, dijo la verdad con su habla sincera y agradable.

Hacía ya varios años que el cólera manifestaba una mayor tendencia a propagarse y migrar. Surgido en los cálidos lodazales del delta del Ganges, aumentado por el aliento mefítico de aquel desierto insular primitivo, exuberante e inservible que los hombres evitaban, en cuyos matorrales de bambú se esconde el tigre, la epidemia se había extendido desenfrenadamente con rabia reiterada y desacostumbrada por todo el Indostán, había cruzado la frontera hacia China al este, Afganistán y Persia al oeste y, siguiendo las rutas de las caravanas, había llevado su horror hasta Astracán, e incluso Moscú. Pero, mientras Europa temblaba porque el espectro pudiese entrar desde allí por tierra, este había cruzado el mar en los navíos sirios, había aparecido casi a la vez en varios puertos del Mediterráneo, había asomado la cabeza en Tolón y Málaga, había mostrado el semblante varias veces en Palermo y Nápoles y parecía no querer retroceder por toda Calabria y Apulia. Había perdonado el norte de la península. Sin embargo, a mediados de mayo de ese año, se había presentado en Venecia y el mismo día los temibles vibriones coléricos se encontraron en los cadáveres extenuados, negruzcos, de un grumete y una verdulera. Los casos se ocultaron. Pero, al cabo de una semana, eran ya diez, eran veinte, treinta y, además, en distintos barrios. Un hombre de la provincia austriaca, que pasaba por placer unos días en Venecia, murió después de volver a su pueblo, con señales indudables, y así resultó que los primeros rumores de la plaga de la ciudad de la laguna acabaron en los periódicos en alemán. Las autoridades de Venecia contestaron que las condiciones sanitarias de la ciudad no habían sido nunca mejores y tomaron las medidas de control necesarias. Pero es muy posible que se hubiesen infectado los alimentos, las verduras, la carne o la leche, pues por mucho que se negase y se ocultase, la muerte se cebaba en la estrechez de las callejuelas, y el precoz calor estival que templaba el agua de los canales era especialmente propicio para el contagio. Sí, parecía que la plaga había reanimado sus fuerzas, que la tenacidad y la abundancia de sus patógenos se habían redoblado. Los casos de recuperación eran escasos; el ochenta por ciento de los afectados moría y, de hecho, de una manera horrible, pues la enfermedad sobrevenía con extraordinaria brutalidad y mostraba a menudo esa forma más peligrosa que llamaban «seca»[3]. Con esta, el cuerpo era incapaz de evacuar la gran cantidad de líquido segregado por los vasos sanguíneos. En pocas horas el enfermo se consumía, entre estertores y convulsiones, ahogado con su propia sangre que había adquirido la consistencia de la pez. Dichoso aquel al que, como sucedía a veces, se le manifestaba el brote, tras un ligero malestar, en forma de un profundo desmayo del que no volvía a despertarse o apenas lo hacía. A principios de junio se llenaron calladamente las salas de aislamiento del Ospedale Civico, en los dos asilos comenzaba a fal-

[3] Thomas Mann era tremendamente hipocondriaco e investigaba con detalle las enfermedades y sus síntomas. Sin embargo, no existe el «cólera seco». No hemos conseguido averiguar si se trata de una designación propia del autor para un cólera fulminante, o si en algún momento la medicina llamó así al cólera, una enfermedad que se caracteriza por diarrea acuosa incontenible y que mata a los pacientes por deshidratación y colapso vascular. Nos gustaría agradecer a José Miguel Cisneros Herreros, médico experto en enfermedades infecciosas, su inestimable ayuda en la investigación de la existencia de la enfermedad, que nos ha permitido asimismo una más clara traducción de los síntomas descritos. (*N. de la T.*)

tar sitio y había un tráfico monstruosamente activo entre el muelle de los Fondamente Nove y San Miguel, la isla del cementerio. Pero el terror del daño general, la consideración a la recientemente inaugurada exposición pictórica en los Jardines Reales, a las grandes pérdidas a las que se enfrentarían hoteles, negocios, en caso de pánico y cancelaciones, que amenazaba con arruinar numerosas manufacturas dirigidas a los extranjeros, era más potente en la ciudad que el amor por la verdad y la atención a los convenios internacionales; y permitía a las autoridades mantener en pie firmemente su política de silencio y negación. La máxima autoridad médica de Venecia, un hombre de gran mérito, había abandonado indignado su puesto y había sido sustituido bajo mano por una personalidad dócil. El pueblo lo sabía; y la corrupción de los altos cargos, junto con la inseguridad dominante del estado de excepción en el que la muerte había colocado a la ciudad de inmediato, trajo cierta depravación entre las capas más bajas, un envalentonamiento de las fuerzas oscuras y antisociales, que se manifestaba en excesos, desvergüenza y una mayor criminalidad. En contra de lo habitual, se veía por las noches a muchos borrachos; la chusma maliciosa, se decía, hacía las nocturnas calles inseguras; se repetían los casos de robo e incluso de asesinato, pues ya se había demostrado dos veces que supuestas víctimas de la plaga habían sucumbido, en realidad, al veneno suministrado por sus propios parientes; y la negligencia comercial tomaba formas inoportunas y disolutas, como nunca se habían conocido y solo se encontraban en el sur del país y en Oriente.

El inglés le contó lo esencial de todas estas cosas.

—Haría usted bien —concluyó— en irse mañana mismo. El confinamiento no puede demorarse ya mucho más que un par de días.

—Gracias —dijo Aschenbach, y salió de la oficina.

La plaza yacía bajo un bochorno sin sol. Los ignorantes extranjeros sentados en los cafés o de pie, cubiertos por completo de palomas, ante la iglesia, miraban cómo los animales, pululantes y agitando las alas, se empujaban unos a otros para picotear los granos de maíz que se les ofrecían en el hueco de las manos. En una excitación febril, triunfante en posesión de la verdad, un regusto de asco en la lengua y un miedo exacerbado en el corazón, nuestro solitario recorrió arriba y abajo las teselas del pabellón. Consideró un acto puro y decente: podría esa noche, al acabar de cenar, acercarse a la mujer adornada de perlas y decirle lo que ideó palabra por palabra: «Permita, señora, que un extraño le sirva con un consejo, con una advertencia, de interés personal. Márchese, enseguida, con Tadzio y sus hijas. Venecia está contaminada». Podría, luego, como herramienta de una divinidad maliciosa, colocar su mano a modo de despedida sobre la cabeza del muchacho, darse la vuelta y huir de aquel pantano. Pero, a la vez, sentía que estaba inmensamente lejos de querer dar, en serio, un paso así. Lo mandaría a casa, volvería él mismo; pero quien está fuera de sí ya no odia otra cosa que volver a su ser. Recordó un edificio blanco, adornado con inscripciones que brillaban en el ocaso, en cuya diáfana mística se había perdido una vez su mirada espiritual; aquella forma del curioso caminante que había despertado en el caduco escritor un ansia juvenil que fantaseaba con la distancia y lo exótico; y el pensamiento de volver a casa, a la prudencia, la templanza, el trabajo y el dominio de sí, lo repugnó en tal medida que su cara se desfiguró en una expresión de malestar físico.

—¡Hay que callar! —masculló agitado—: ¡Y callaré!

La conciencia de su complicidad, de su culpa, lo embriagó como mínimas cantidades de vino a un cerebro cansado. La imagen de la ciudad infestada y degradada le devastó el alma, encendió en él esperanzas inconcebibles, que sobrepasaban toda razón, y de una dulzura inmensa. ¿Qué era la tierna felicidad con la que había soñado antes un instante, comparada con estas expectativas? ¿Qué podían valer para él aún el arte y la virtud frente a la ventaja del caos? Se quedó inmóvil y en silencio.

Esa noche tuvo un sueño terrorífico, si es que se puede calificar de sueño una vivencia corpórea y del espíritu que, aunque, le sucedió mientras estaba profundamente dormido, con total independencia y presencia de los sentidos, fue sin verse a sí mismo presente o moviéndose en el espacio, al margen de los acontecimientos; pues estos tenían por escenario más bien su propia alma, en la que irrumpieron desde fuera, derribando con violencia su resistencia —una resistencia profunda e intelectual—, y dejaron tras de sí su existencia y la cultura de su vida totalmente aniquiladas.

Lo primero que sintió fue miedo, miedo y lujuria y una horrible curiosidad por lo que venía. Reinaba la noche y sus sentidos estaban al acecho; pues desde lejos se acercaba un alboroto, un fragor, una confusión de ruido: chacoloteo, gorjeo y truenos sordos, un griterío estridente, además, y determinado clamor con muchas úes al final; todo entremezclado y aterradoramente acallado por el dulce sonido de una flauta de infame persistencia, que arrullaba desde las profundidades, que embelesaba de una manera impertinente y descarada las entrañas. Mas él sabía unas palabras, oscuras, pero que designaban lo que venía: «¡El dios extranjero!». En una incandescencia turbia que resplandecía apenas, reconoció unas montañas semejantes a las que rodeaban su casa de verano. Y en la luz desgarrada, desde las alturas boscosas, entre los troncos y los restos de rocas llenas de musgo, rodaban y se despeñaban en un torbellino: hombres, animales, un tropel, una cuadrilla rabiosa... e inundaban las lomas con cuerpos, llamaradas, alboroto y una danza de giros delirantes. Las mujeres, dando traspiés con sus túnicas de piel, cuyas faldas demasiado largas les colgaban del cinturón, sacudían panderetas sobre sus gimientes cabezas echadas hacia atrás, blandían hachas encendidas y puñales desenvainados, sostenían serpientes sibilantes abrazadas en torno al cuerpo o se sujetaban chillando los pechos con las manos. Hombres con cuernos en la frente, velludos y envueltos en pieles, inclinaban el cuello y alzaban los brazos y las piernas, hacían resonar cuencos de bronce y golpeaban airados timbales, mientras tersos muchachos, con varas cubiertas de hojas, aguijoneaban carneros a cuyos cuernos se agarraban y de cuyos brincos se dejaban arrastrar gritando de júbilo. Y los delirantes gritaban la llamada de consonantes débiles y úes alargadas al final, dulce y salvaje a un tiempo, atendida como ninguna antes: aquí sonaba, bramada en el aire, como por ciervos, y ahí estaba de nuevo, polifónica, en yermo triunfo, incitándose mutuamente a bailar y agitar las extremidades, y no dejar que nada la acallase. Pero el sonido de la flauta, profundo y seductor, lo impregnó y lo dominó todo. ¿No lo atraía también a él, que vivía aquello a regañadientes, con descarada persistencia a la fiesta, al exceso de la inusitada víctima? Grande era su repugnancia, grande era su miedo, sincera su voluntad de proteger hasta el final lo suyo contra lo extraño, lo enemigo del alma atrapada y digna. Pero el ruido, el clamor, multiplicado por la retumbante ladera de la montaña, creció, prevaleció, aumentó hasta la arrebatadora locura. Vapores oprimían el sentido, el cáustico olor de los carneros, el aliento de los cuerpos jadeantes y un soplo de agua putrefacta, junto con otro aún, familiar: a heridas y enfermedad en circulación. Con el golpeteo de los timbales, le resonaba el corazón, le daba vueltas la cabeza, hizo presa en él la ira, una ofuscación, una voluptuosidad anestesiante, y su alma deseó unirse a la ronda del dios. El símbolo obsceno, gigantesco, de madera, fue descubierto y elevado: y gritaron desbocados la liberación. Espuma en los labios de la rabia, se incitaron unos a otros con libidinosos ademanes y manos galantes, sonriendo y gimiendo se clavaron los aguijones unos a otros en la carne y lamieron la sangre de las extremidades. Pero con ellos, en ellos, estaban ahora el soñador y el dios extranjero. Sí, ellos eran él mismo cuando se lanzaron precipitadamente y con instinto asesino sobre los animales y devoraron trozos aún calientes, cuando sobre el suelo de musgo revuelto comenzó una confusión sin límites del dios con la víctima. Y su alma probó la impudicia y el frenesí de la ruina.

El afligido Aschenbach se despertó de este sueño extenuado, trastornado y a merced del demonio. Ya no temía la mirada inquisitiva de la gente ni le preocupaba levantar sospechas. Además, ya estaban huyendo, se marchaban; numerosas casetas de la playa estaban vacías, en el comedor habían quedado muchos huecos, y en la ciudad apenas se veían extranjeros. La verdad parecía haber salido a la luz, el pánico, a pesar del pacto pertinaz de los interesados, ya era imposible de contener. Pero la señora de las perlas seguía allí con su familia, fuese porque el rumor no le había llegado, o porque era demasiado orgullosa e imprudente para ceder a él: Tadzio se había quedado; y eso le parecía a veces como si la huida y la muerte pudiesen alejar toda vida molesta en derredor, y él quedarse a solas con el adonis en la isla; incluso cuando, por la mañana junto al mar, con la mirada pesada, irresponsable, fija, rozaba al deseado, cuando en el ocaso lo seguía indignamente por los callejones en los que la repugnante muerte circulaba en secreto, lo monstruoso le parecía prometedor y lo inmoral, caduco.

Como cualquier amante, deseaba gustar y sufría un miedo amargo a que no fuese posible. Animaba su traje con detalles juveniles, lucía piedras preciosas y usaba perfume, varias veces al día ocupaba mucho tiempo en su aseo y salía acicalado, emocionado y tenso a la mesa. A la vista del dulce muchacho que lo atraía, lo asqueaba su cuerpo envejecido; el aspecto de su pelo canoso; sus rasgos marcados lo avergonzaban y lo desesperaban.

Y eso lo animaba a remozarse y arreglarse; iba a menudo al peluquero del hotel.

En peinador, bajo las cuidadosas manos del parlanchín, reclinado en la silla, consideraba la visión mortificante de su reflejo.

—Gris —decía con una mueca.

—Un poco —contestaba el hombre—. Es por culpa de una leve desatención, de una indiferencia hacia las cosas exteriores que es comprensible en las personas importantes, pero que no hay por qué elogiar y mucho menos cuando precisamente esas personas son las menos adecuadas para opinar en cuanto a lo natural o lo artificial. Si la austeridad de cierta gente en cuanto al arte cosmético se extendiese, con lógica, también a sus dientes, no causaría poco escándalo. Al fin y al cabo, somos tan viejos como se siente nuestro espíritu, nuestro corazón, y las canas significan en ciertas circunstancias una verdadera falsedad, igual que la que se desprecia cuando se ocultan. En su caso, señor mío, tiene usted derecho a su color de pelo natural. ¿Me permite que se lo devuelva?

—¿Cómo? —preguntó Aschenbach.

Así que el facundo lavó el cabello del cliente con dos lociones, una clara y una oscura, y el pelo quedó negro como lo había tenido en sus años jóvenes. Lo rizó con las tenacillas en sedosas ondas, retrocedió e inspeccionó la cabeza peinada.

—Faltaría refrescar un poco —dijo— el cutis.

Y, como alguien que no sabe cuándo parar, que no se da nunca por satisfecho, fue con ajetreo de una tarea a otra. Aschenbach, descansando plácidamente, incapaz de oponerse, emocionado y lleno de esperanza por lo que pasaba, miraba en el espejo sus cejas encorvarse decididamente simétricas, alargarse el corte de sus ojos, realzarse su brillo gracias a cierto matiz del párpado; miró más abajo, donde la piel había sido del color del cuero curtido, cómo la realzaba un suave carmín; sus labios casi anémicos se hinchaban del color de las frambuesas; los surcos de las mejillas, de la boca, las arrugas de los ojos desaparecieron bajo crema y un soplo de juventud... y vio, con el corazón desbocado, a un joven floreciente. El esteticista se dio al fin por satisfecho, agradeciendo, como suele este tipo de gente, a quien había servido, con aduladora cortesía.

—Una ayuda insignificante —dijo, dando un último retoque al aspecto de Aschenbach—. Ahora el señor se puede enamorar sin miedo.

Arrobado, Aschenbach se fue feliz, turbado y temeroso. Llevaba una corbata roja y, en el sombrero de paja de ala ancha, una banda multi-color.

Se había levantado un viento de tormenta cá-lido; llovía poco y espaciado, pero el aire era hú-medo, denso y lleno de podredumbre. Llegaban al oído toda clase de revoloteos, palmoteos y sil-bidos, y al febril emperejilado le pareció que lo ro-deaban espíritus del viento malignos que hacían de las suyas, malévolas aves de mar que revolvían la comida del condenado, la roían y la ensuciaban de inmundicia. Pues el bochorno arruinaba el ape-tito y se imponía la idea de que la comida estaba envenenada con materia de contagio.

Tras las huellas del adonis, Aschenbach se ha-bía adentrado una tarde en la maraña interior de la ciudad enferma. Con mal sentido de la orienta-ción, pues las callejuelas, los canales, los puentes y las placitas del laberinto se parecían mucho unos a otros, y ni siquiera el firmamento parecía ya se-guro, había procurado durante todo el tiempo no perder de vista a la imagen que seguía con ardor y, pues le requería un cuidado vergonzoso, apre-tándose contra las paredes, buscando protección a la espalda de los que lo precedían, durante un buen rato no fue consciente del cansancio, del agotamiento, que había infligido a su cuerpo, a su alma, esa sensación y la tensión perpetua. Tadzio seguía a su familia, dejaba, por lo general, que la cuidadora y las monjiles hermanas pasaran por delante en los sitios más estrechos, y solo, caminando despacio, volvía de vez en cuando la cabeza, para mirar por encima del hombro y asegurarse, con una mirada de sus peculiares ojos gris crepuscular, de que su enamorado lo seguía. Lo veía y no decía nada. Embriagado por este reconocimiento, arrastrado por esos ojos, llevado como un muñeco por la pasión, el enamorado seguía a hurtadillas su indecorosa esperanza... y al final miró a su alrededor como si su vista lo engañase. Los polacos habían cruzado un puente corto y abombado; el que los seguía se ocultó en la altura del arco y, al llegar arriba, no pudo ya encontrarlos. Investigó en tres direcciones, hacia delante y hacia los dos costados, a lo largo del estrecho y sucio muelle; en balde. Los nervios, la debilidad, le indicaron, por fin, que abandonase la búsqueda.

Le ardía la cabeza, tenía el cuerpo cubierto de sudor pegajoso, le temblaba la nuca, una sed ya inaguantable lo atormentaba, buscó a su alrededor algún refresco inmediato. Ante una pequeña verdulería, compró fruta, unas fresas blandas y pasadas, y las comió alejándose. Una placita, abandonada, como encantada, se abrió ante él; la reconoció: había estado allí antes, era donde había ideado hacía semanas el plan de huida frustrado. En los escalones del pozo que había en el centro, se dejó caer y apoyó la cabeza en el círculo de piedra. Había calma, la hierba crecía entre los adoquines, había basura por el suelo. Entre los edificios altos, irregulares, erosionados de alrededor, había uno palaciego, con ventanas ojivales tras las que vivía el vacío, y balconcitos flanqueados por leones. En la planta baja de otro había una farmacia. Ráfagas de aire cálido le traían a ratos el olor a fenol.

Allí sentado, el maestro, el artista que había alcanzado la admiración, el autor de *El miserable*, que de manera tan ejemplar había renunciado a las costumbres veleidosas y la profundidad más turbia, había negado su simpatía al abismo y reprobado lo reprobable, el que había subido a lo más alto, el que, sobreponiéndose a su conocimiento y superando toda ironía, se había acostumbrado al compromiso de la confianza de la multitud, él, cuya fama era oficial, cuyo apellido era noble y en cuyo estilo se obligaba a los muchachos a instruirse... allí estaba sentado, los ojos cerrados, deslizando solo de cuando en cuando una mirada de reojo, perpleja, de desdén, que retiraba rápidamente de nuevo, y sus labios lánguidos, realzados por el cosmético, formaban palabras sueltas de lo que creaba su cerebro medio dormido en esa lógica curiosa de los sueños.

—Pues la belleza, Fedro mío, ¡date cuenta!, solo la belleza es divina y manifiesta a la vez; y así es, también, el camino de los sentidos, pequeño Fedro, el camino del artista hacia lo espiritual. ¿Crees, querido mío, que puede adquirir sabiduría y verdadera dignidad humana aquel para quien el camino hacia lo espiritual pasa por los sentidos? ¿O crees más bien (te dejo elegir con libertad) que este es un camino peligroso aunque agradable, en realidad un camino de pecado y perdición que por necesidad a la perdición lleva? Pues debes saber que nosotros, los escritores, no podemos seguir el camino hacia la belleza sin que Eros nos acompañe y se erija en nuestro guía; sí, puede que seamos también héroes a nuestra manera y virtuosos guerreros, en eso somos como las mujeres, pues la pasión es lo que nos enaltece, y nuestro anhelo ha de seguir siendo el amor... Ese es nuestro placer y nuestra vergüenza. ¿Ves ahora que nosotros, los escritores, no podemos ser ni sabios ni dignos? ¿Que por necesidad nos extraviamos, por necesidad seguimos siendo licenciosos aventureros del sentimiento? El dominio de nuestro estilo es mentira y burla, nuestra fama y nuestro honor una pose, la confianza de la multitud en nosotros del todo ridícula, la educación del pueblo y la juventud a través del arte una empresa arriesgada, que debería prohibirse. Pues ¿cómo podría ser educador quien por naturaleza tiende incorregible al abismo? Nos gustaría rechazarlo y alcanzar la dignidad, pero no importa cuánto lo intentemos, nos atrae. Así rechazamos el conocimiento resolutorio, pues el conocimiento, Fedro, carece de dignidad y de fuerza; sabe, entiende, disculpa, sin actitud ni maneras; tiene simpatía por el abismo, es el abismo. Así que también lo reprobamos con decisión y, en lo sucesivo, solo sirve a nuestra aspiración la belleza, es decir, la sencillez, la grandeza y el nuevo rigor, la ingenuidad renacida y la forma. Pero la forma y la ingenuidad, Fedro, llevan al éxtasis y el deseo, pueden llevar al hombre noble a los peores crímenes contra los sentimientos, que su propio rigor hermoso reprueba como infame, lo llevan al abismo, al abismo también ellas. A nosotros, los escritores, te digo, nos llevan allí, pues no podemos alzar el vuelo, solo entregarnos al vicio.

Y ahora me voy, Fedro, quédate aquí; y, solo cuando no me veas ya, vete tú también.

Unos días más tarde, Gustav von Aschenbach salió del balneario por la mañana más tarde que de costumbre, pues se encontraba indispuesto. Se las había con ciertos mareos, solo en parte físicos, que venían acompañados de un miedo cada vez más grande, de un sentimiento de ausencia de salida y perspectivas, del que no estaba claro si estaba en el mundo exterior o en su propia existencia. En el vestíbulo vio un gran número de maletas listas para el transporte, preguntó a uno de los porteros quién era quien viajaba, y obtuvo por respuesta que los nobles polacos, a los que él estaba aguardando en secreto. Él la recibió sin que los decrépitos rasgos de su cara cambiasen, con esa breve elevación de la cabeza con la que se toma nota ligeramente de algo que uno no necesita saber, y preguntó de nuevo:

—¿Cuándo?

—Tras el almuerzo —le contestaron.

Asintió y salió hacia el mar.

Estaba poco acogedor. Sobre el agua del ancho y llano bajío que separaba la orilla de las primeras dunas, corrían estremecimientos encrespados. El otoño, el desuso parecían yacer sobre el antaño tan colorido, vivo y ahora casi abandonado lugar de entretenimiento, cuya arena ya no se mantenía limpia. Un aparato fotográfico, al parecer sin dueño, estaba sobre su trípode al borde del mar, y un trapo negro, extendido sobre él, chasqueaba al frío viento.

Tadzio, con otros tres o cuatro chicos que aún quedaban, jugaba hacia la derecha, por delante de la caseta de su familia y, con una manta sobre las rodillas, más o menos en medio, entre el mar y la hilera de casetas de playa, descansando en su tumbona, Aschenbach lo observaba una vez más. El juego, que no controlaba nadie, pues las mujeres debían de estar ocupadas preparando el viaje, parecía sin reglas y degenerado. Aquel muchacho vigoroso, con el cinto de lino y el pelo negro peinado con pomada, al que llamaban «Jashu», irritado y cegado por un puñado de arena en la cara, obligaba a Tadzio a luchar a brazo partido, lo que acabó pronto con la caída del adonis, más débil que el otro. Pero, como si, en la hora de la despedida, el sentimiento de servidumbre convirtiese lo nimio en barbarie cruel y procurase vengarse por una larga esclavitud, el vencedor no dejó ni aun así al vencido, sino que apretó, con una rodilla sobre su espalda, su cara tanto tiempo contra la arena que Tadzio, ya sin aliento tras la pelea, amenazaba con asfixiarse. Sus intentos de liberarse de la carga sobre su espalda eran penosos, se interrumpían por momentos y se repetían solo como a tirones. Horrorizado, Aschenbach iba a saltar al rescate, cuando el violento por fin dejó libre a su víctima. Tadzio, muy pálido, se irguió a medias y se sentó, apoyado en un brazo, varios minutos sin moverse, con el pelo desordenado y los ojos oscurecidos. Luego se levantó del todo y se alejó despacio. Lo llamaron, al principio alegremente, luego irritados y suplicantes; él no escuchó. El moreno, arrepentido de su exceso de inmediato, lo alcanzó y le pidió perdón. Un movimiento de los hombros lo rechazó. Tadzio se alejó en diagonal hacia el agua. Estaba descalzo y llevaba su traje de lino a rayas con corbatín rojo.

Se quedó quieto en la orilla, con la cabeza gacha y dibujando con la punta de un pie figuras en la arena húmeda, y se dirigió, luego, hacia aquel bajío que, en su parte más profunda, no le llegaba siquiera a la rodilla; lo cruzó, avanzando perezoso, y llegó a las dunas. Allí se detuvo un momento, con la cara vuelta hacia la lejanía, y comenzó a caminar hacia la izquierda por la larga y estrecha lengua de tierra que había quedado descubierta. Separado de la tierra firme por un brazo de mar, separado de sus camaradas por su orgulloso carácter, vagó, una aparición aislada y sin conexión, atusándose el pelo que le levantaba el viento, desde allí hacia el mar, cuyos límites se perdían en la niebla. Una vez más se detuvo a mirar. Y, de pronto, como si hubiese recordado algo, como por un impulso, volvió el torso, con la mano en la cadera, un giro hermoso de su postura inicial, y miró por encima del hombro hacia la orilla. Allí estaba quien lo miraba, sentado como aquella primera vez en que, devuelta desde aquella elevación, aquella mirada gris crepuscular se había cruzado con la suya. Su cabeza, reclinada en el respaldo de la silla, había seguido despacio el movimiento de quien se alejaba; ahora se irguió, como respondiendo a la mirada, para volver a caer sobre el pecho, de manera que los ojos aún vieron desde abajo, mientras el rostro adquiría la expresión meditabunda de quien duerme profundamente. Sin embargo, le pareció que el pálido y amado sicagogo de allá lejos le sonreía, le saludaba; como si, soltando la mano de la cadera, le señalase hacia la inmensidad prometedora. Y, como tantas otras veces, se dispuso a seguirlo.

Pasaron varios minutos hasta que alguien se apresuró a ayudarlo, pues se había derrumbado sobre el brazo de la silla. Lo llevaron a su habitación. Y ese mismo día el mundo recibió respetuosamente conmocionado la noticia de su muerte.

Este libro se terminó de imprimir
en los talleres de Romanyà-Valls,
en Capellades (Barcelona),
en octubre de 2023